「ちょっと触っただけで、イキそうな声出すなよ……」
「あ……だ、だって……っ」
（本文より）

ステップファーザー

砂床あい

イラスト／桜城やや

BBN B-BOY NOVELS

この物語はフィクションであり、実際の人物・団体・事件等とは、いっさい関係ありません。

CONTENTS

ステップファーザー

【一】

玄関前の石段を踏む小さな靴音に、日向野英司《ひがのえいじ》は絵本を捲《めく》る手を止めた。その右隣にぴったり寄り添い、手許を覗《のぞ》き込んでいた織斗《おりと》が顔を上げる。

「トモが帰ってきたね」

のめり込んでいたカエルの王子の世界から、ひとっとびに現実に戻ったらしい。

弾んだ声に、英司の唇が柔らかにほころんだ。

「よくわかったな」

「英司だってすぐわかったでしょ？」

自分が取り立てて耳聡《みみざと》いというわけではない。それでも子供と同等に聞き分けられるのは、織斗と同じく、靴音の主の帰宅をいまかいまかと待ち望んでいたせいか。

玄関の鍵を開ける音を聞くや否や、織斗はぴょこんとL字型のソファから飛び降りた。いままさに帰宅した実父、槍水知章《やりみずともあき》を出迎えるために、いち早くリビングを駆け出していく。

「おかえりートモー！」

「お、ただいま。いい子にしてたか？」

「うん！」

廊下から漏れ聞こえる会話に耳を傾けつつ、英司は読み聞かせの絵本を閉じた。

つつがなく一日の勤めを終えて帰宅した男の声は、心地よい疲労と充実感とに満ちて穏やかだ。

今朝となんら変わりない様子に、英司も肩の荷を降ろしてひとり微笑する。

子煩悩《こぼんのう》な父親に、纏《まつ》わりつく子供——仲のよい親子の図が目に浮かぶようだ。そんなふたりが、つい最近まで犬猿《けんえん》の仲だったなんて、だれが想像するだろう。

（ホント……数ヶ月前とはまるで別人だな）

だがそれは自分も同じだと、我が身を振り返って苦笑を零《こぼ》した。

知章がこの家に来た——というより押し掛けてきたといったほうが正しい——のは、まだほんの数ヶ月前、春から初夏に移り変わるころだった。

妻・栞《しおり》を亡くした悲しみもまだ癒えない時期に弔問《ちょうもん》に訪れた知章は、いきなり「織斗を引き取りたい」と申し出たのだ。

というのも、織斗は知章の前妻、栞が離婚後に身籠《みご》もった知章の子供だからだ。しかし栞は妊娠の事実を告げないまま織斗を産み、数年後に出会った英司と再婚した。

英司がゲイであると知った上で、籍を入れようと言ってくれた栞には感謝している。同性愛者である以上、いくら欲しても一生持つことはないと諦めていた家庭や子供を彼女はくれた。

栞の連れ子である織斗を英司は可愛がり、実の親子のように接してきた。複数の食物アレルギーを持つ織斗のために、毎日手料理を工夫するのも苦《く》と思ったことはない。

突然の事故で栞がこの世を去ったあとも、彼女に代わってこの家と織斗を守っていくつもりだった。子ども図書館の司書である英司の給与は決して高くはなかったが、切り詰めればなんとかやっていける。そう決心を固めたところに実父を名乗る知章が乗り込んできた。

血縁関係こそなくても、英司には織斗を養父として育《はぐく》んできた実績がある。

血の繋がりか、絆《きずな》の深さか。

実父と養父の親権争いは、当事者である子供、つまり織斗に親を選ばせるという、ある意味、酷《こく》な案に落ち着いた。織斗が通う保育園に近いこの家に知章が居《い》候《そうろう》するという形で三人の奇妙な同居生活が始まったものの、出会ったころの知章は、利己的な考えの持ち主だった。

大きな子供が増えたようでストレスフルな毎日だったが、それはお互い様だったろう。知章にしてみれば、養父にしか懐《なつ》かない実子と、元妻の再婚相手との同居生活だ。

衝突を繰り返し、あわや決裂というほどの大喧嘩をしたこともある。それでも同じ屋根の下に暮らすうち、次第に知章には変化が見え始め、三人の間にも、不思議な連帯感が生まれていった。

知章と英司の間に恋愛感情が生まれたのは計算外だったが、いま思えばそれもなにかの縁だったのかもしれない。

しどろもどろにプロポーズのようなことをされ、気づけば恋人より先に家族という絆が出来上がってしまった。だがそれは決して惰性《だせい》ということではなく、むしろ蜜月《みつげつ》のまっただ中にあるといっていいだろう。

いずれ三人が同じ名字を名乗れるように、手続きも始めた。周囲にも、法的にも認められた家族になるために、いまは多方向へと努力している。

男女ですら、最初から周囲に認められたカップルばかりではないのだから、自分たちが幸せならそれでいい――知章はそう言うけれど、英司はその意見に諸手《もろて》を挙《あ》げて賛成できない。

自らのセクシュアリティを理由に親子の縁を絶ち切られた身としては、知章まで同じ轍《てつ》を踏んでほしくないという思いがある。そしてなにより、自分のために、なにも犠牲にしてほしくない。

「ふたりとも、いつまで寒い廊下でじゃれてるんだ。風邪ひくぞ」

いまだ廊下でキャッキャとじゃれるふたりの声に痺《しび》れを切らし、英司は声を掛けた。

十一月に入り、ここ二、三日でぐっと気温が下がった。

きっと鼻の頭を真っ赤にして帰ってきたのだろうに、手洗いうがいを済ませるや否や、もう元気いっぱいの織斗を肩車して遊んでいる。

（まったく……精神年齢が近いからしょうがないのか？）

以前よりだいぶマシになったものの、いまだ風呂上がりに上半身裸でウロウロし、英司に母親じみた小言を言わせる男だ。ある意味織斗よりも世話が焼ける。

絵本を本棚に戻したそのとき、ふいにリビングのドアが開いた。振り向く視線の先に、織斗を肩車した知章の姿を捉《とら》える。

「ただいま、英司」

高鳴る鼓動に、だれよりも知章の帰りを待ちわびていた自分を知る。

「お、おかえり……知章」

名前を呼んだ途端《とたん》、知章の精悍《せいかん》な顔に蕩《とろ》けるような笑みが広がった。

以前はどうということもなかったのに、互いの好意を自覚した途端、見慣れたはずのスーツ姿にさえ、ときめくようになってしまった。

この状態を知章に知られたら、きっと図に乗る。だから悟られないように振る舞っているけれど、最近はそれすらバレているような気がしてならない。

「寒かっただろ」

部屋に入ってくるなり、キスのひとつもされそうで、英司は慌てて視線を逸《そ》らした。わざとらしく、手許のリモコンで温度を上げる。

「温めてくれるのか？」

「部屋を、な」

「ねートモー、きょうは自分で歯磨《みが》いたんだ」

肩車から降ろされた織斗が、いいタイミングで割り込んできた。内心ホッとしながら、知章から奪い取った鞄《かばん》をソファに置きに行く。

「どれ、見せてみ」

「あー」

織斗の口の中を覗き込んだ知章が、大袈裟《おおげさ》に眉を寄せた。声を潜《ひそ》める。

「虫歯菌いるぞ」

得意げだった織斗が、びっくりした顔で口を閉じた。

「う、嘘だもん！」

「いたいた、奥歯の陰に、こんな顔した黒いヤツ……」

「いないもん！　ちゃんと磨いたもん！　英司ぃー!!」

織斗が半泣きで助けを求める。英司は溜息をつき、知章の後頭部を軽くはたいた。

「いって！」

「馬鹿やってないで、さっさと着替えてこい」

頭を擦りながら、知章が「ハイハイ」と鞄を手に立ち上がる。前々から、ハイは一回にしろとあれほど言っているのに、ひとの話を聞かない。

「風呂に入って、ちゃんと身体を温めて。……今日も一日、お疲れ様」

ぼそりと言った最後の言葉を、知章は聞き逃さなかったらしい。

わざわざドアの前で立ち止まり、口端を上げて振り返った。

「サンキュ。ママのその優しさ、愛を感じるよ」

「マ……ッおい、僕をそう呼ぶなって、あれほどっ……」

英司の顔が茹《ゆ》で蛸《だこ》のように赤くなる。

知章はしてやったりな笑みを浮かべ、クッションを投げつけられる前に廊下へと逃げていった。

もう三十四のくせに、こうした反射神経だけは小学生レベルだ。

「英司どうしたの、顔あかいよ?」

「そ…あ、ああ。リビングの温度を上げすぎたかな」

慌ててリモコンを摑み、さきほど躍起《やっき》になって上げた温度をまた下げる。静かだったこの家に、知章がひとり帰ってくるだけで嵐のようだ。

知章は、資源開発で有名な総合商社に勤務している。あまり詳しく聞いたことはないが、海外からの燃料調達と、それに伴う折衝《せっしょう》までもを担《にな》う部署の部長職に就いているらしい。世間一般から見れば、いわゆるエリートサラリーマンと呼ばれる人種だ。

だが、それはあくまでも会社での話であり、家庭に戻ればただの男、ことに英司の前では三十四歳の大きな子供でしかない。

「お外、寒いもんね。帰ってくるパパ父がかわいそうだもんね」

ひとりで納得する五歳児の言葉に、含みを感じたのは穿《うが》ちすぎだろうか。英司は苦笑いしつつ、小さな丸い頭を撫でた。

三人で同じ名字になるぞと知章が宣言してからこちら、織斗はすっかりその気でいる。

いまはこの家に三人で暮らせることが嬉しくてならないようで、知章をパパ父、英司を継父《ママ》と呼んで憚《はばか》らない。まだ男女の差もよくわかっていない年頃で、同性婚というものの難しさを理解できていないのだから無理もないけれど。

（まあ、わかれというほうが無理だよな……）

うっすら染まった頰を誤魔化《ごまか》すように、英司は織斗の前で膝を折った。お腹《なか》を冷やさないようにと、パジャマのズボンにシャツの裾を入れ直す。

夕食も入浴もとっくに済ませ、父親も帰宅した。物語の中で王子様はまだカエルのままだが、続きはまた明日にしておこう。

「トモにお帰りなさいしたから、もう寝ような。じゃないと明日の朝、起きられないぞ」

「はーい」

織斗は年齢にそぐわず、常に聞き分けがいい。母親を早くに亡くし、子供ながらにしっかりしなければという思いがあるのだろう。

いじらしい反面、たまには少しくらい、我が儘《まま》を言ってくれてもいいのにと思うこともある。

「保育園で、今日もお歌の練習したんだよ。クリスマスに教会で歌うやつ」

二階にある子供部屋に向かいながら、思い出したように織斗が言った。

織斗の通う聖《セント》ガブリエル保育園の経営母体がカトリック系の教会ということもあり、園児たちは毎年クリスマスに教会で聖歌を歌うのが恒例となっている。

今年はハレルヤと、もう一曲は去年と違う曲目を選んだようだ。しかし、織斗はもったいぶって教えてくれない。

ヒントを求めると、嬉しそうに「じゃあ、当てて！」と一節を歌い出した。

「シュウワーきーまっせぇりぃー、シュウワーきーまっせっえりぃー、シュワー！　シュワーァ！　きっまーっせーっりー」

「『もろびとこぞりて』だろ」

「ピンポンピンポンせいかーぃ！」

今年の十二月二十五日はくしくも日曜、教会でのミサと、園児たちによるミニコンサートには保護者も参加できると聞いた。ただし、コンサート礼拝中は撮影禁止と聞いて知章はがっかりしていたが、ふたりとも参加するつもりでいる。

「すごいねぇ英司、なんでも知ってるんだね！　イエス様みたい」

「イエス様？」

「うん、イエス様は万能なんだって。なんでも知ってるから、嘘ついてもお見通しなんだって」

同じクラスの子供が嘘をついて叱られたときに、そんな話を聞かされたようだ。挙げ句の果てには「サンタさんと神様と、どっちにお願いしたほうが願いが叶うの？」などと答えに困るような質問をしてくる。子供にとってはサンタクロースも、神様も聖霊も、天使も妖精も、同じような存在なのだろう。英司は苦笑し、早くベッドに入るよう促した。

「ねー……いないよね、虫歯菌」

素直に横になった織斗が、思い出したように念を押した。知章に言われたことが、いまになって気になってきたらしい。いかにも不安そうな様子に、英司は「あーんしてごらん」と口を開けさせた。

「いないよ。いない。とんまの見間違いだ」

「ホント？」

「ちゃんと確認した。なんでも知ってる僕が言うんだから、間違いない」

「よかったぁ」

織斗がようやく安心したように、上掛けを首許まで引き上げた。

「とんま」は英司がつけた知章の愛称だ。といっても知章の悪乗りが過ぎたときに呼ぶ程度だが、名前と響きが似ているから、なんとなく定着してしまった。

眠りに入る前にいろいろと思い出すのは、なにも大人に限った話ではない。知章のことはあとで締めておくことにして、英司はぽんぽんと布団を叩いた。

「織斗はいい子だから、ちゃんと歯磨きできてるもんな」

「いい子のところには、サンタさんが来てくれるんでしょ？」

気の早いことに、世間のクリスマス商戦はすでに始まっているらしい。朝夕の子供向けテレビ番組の合間にも、子供たちが欲しがりそうなオモチャのＣＭが流れ始めている。織斗もなにか、欲しいものでもあるのだろうか。

「織斗はサンタさんにプレゼント、なにをお願いするんだ？」

「んと、お手紙書いたんだ。サンタさんに」

最近は保育園でもひらがなを教えるらしい。少し前までは名前が精一杯だったのに、もう手紙が書けるようになったのかと、英司は目尻を下げた。

「そっか。じゃ、預けてくれたら、明日、サンタさんに出しておいてあげるよ」

「本当？　英司、サンタさんどこにいるかも知ってるの？」

「大人にしか見えない、サンタ専用の特別なポストがあるんだよ。だれにも内緒なんだ」

声を潜めると、織斗はそれだけで納得したらしい。目を輝かせて頷《うなず》くと、ベッドからするんと抜け出した。保育園の黄色い鞄からなにかを取り出し、大事そうに持ってくる。

「これ……絶対に届けてね？」

差し出されたものは、折り紙で器用に作った封筒だった。表書きには、パステル鉛筆で大きく「ちんたさんえ」と書かれている。まだひらがなの「ち」と「さ」がこんがらがるようだ。

「約束するよ。おやすみ」

大事そうに渡された手紙を胸ポケットにしまうと、織斗は安堵《あんど》したように目蓋《まぶた》を閉じた。すぐに穏やかな寝息を立て始める。

英司はカーテンを閉め、そっと部屋を出た。足音を忍ばせ、階下のリビングに戻る。知章は入浴中らしく、洗面室のほうからかすかに水音が漏れていた。

織斗とふたりだけの秘密を共有したのは初めてのことかもしれない。自分の子供時代を思い出し、知らず、口許がほころぶ。

英司はソファに浅く腰掛け、いそいそと、預かったばかりの手紙を開封した。

まだ覚束《おぼつか》ないひらがなで、ところどころ鏡文字が混じっているが、丁寧に書いてある。

「……ふれんずまんの、へんしんぶれす、が、ほしいです……か」

声に出して読み上げ、震える溜息を零した。

フレンズマンは織斗が日曜日の朝に欠かさず観ているテレビ番組の特撮ヒーローだ。

スーパーに連れて行っても、織斗はオモチャやお菓子を買ってくれと駄々《だだ》をこねることがない。

市販されているスナック菓子の大半には、織斗にとってのアレルゲンが含まれている。たとえねだられても、買い与えるわけにはいかない。織斗もそれは理解していて、汗ばむ季節にアイスバーくらいしか欲しがらない。

そんな織斗が、珍しくプレゼントのリクエストをしている。どんなオモチャかは記憶にないが、少しくらい値段が張ろうが、絶対に手に入れてやりたい。

(知章にも見せてやろう。きっと喜ぶ)

もう字が書けるなんてさすがは俺の子……とかなんとか言って、親馬鹿ぶりを発揮するに違いない。

手紙を元どおり折り直そうとして、ふと書き直した跡があるのに気づいた。他のなにかと迷ったのだろうか。なにげなく灯《あか》りで透かし見た英司は、一瞬で表情を強張《こわば》らせた。

——『おとうとをください』

思いも寄らなかったその一文に、心臓を貫《つらぬ》かれる。

織斗が最初に欲しいと書いたのは、兄弟だった。

英司はのろのろと腕を下げ、長く吐息を震わせた。

（無理も、ない……よな）

保育園の友達には、兄弟がいる子も多い。いままでそんな素振りすら見せずにいたけれど、心のどこかで、やはり寂しさを感じていたのだろうか。

（いったい、どんな気持ちで……）

なにを思って書き直したのだろう。もしかすると、子供心に、なんとなく触れてはいけないことだと感じたのかもしれない。先回りして大人の心を読もうとする癖が、こんなところにまで現れているのだとしたら、親として心苦しい。

罪悪感にかられながら、手紙を元どおりに折り直したときだった。

リビングのドアが開き、風呂上がりの知章がパジャマ姿で入ってきた。濡れた襟足にタオルを引っ掛け、身体全体からほかほかと湿った湯気を立てている。

「お、お疲れ」

冷蔵庫を開け、ミネラルウォーターをコップに注《つ》いで一気飲みした知章は、生き返ったと言わんばかりに英司を見た。

「織斗は？」

「……寝かせた。あんまり、子供をからかうんじゃない」

そう言いながら、さり気なく手許の手紙を隠す。部屋は充分すぎるほど暖められているのに、指先が氷のように凍《こご》えていた。

知章がつと眉を寄せる。

「どうした、変な顔して」

「別に、なんでもない」

「って顔じゃないだろ」

知章はタオルで頭を豪快に拭きながら、隣に座った。いつもは鈍《にぶ》いくせに、こんなときばかり感情の機微《きび》に敏感だ。

あっと思った瞬間、知章の手が伸びてきて、手紙を取り上げられた。慌てて取り返そうとした英司は躱《かわ》され、湯上がりのいい匂いが舞い上がる。

「やましい手紙でも隠したのかと思ったら、織斗の字じゃないか。もうここまでひらがなが書けるようになったなんて、天才だな」

やにさがった顔は予想どおりだ。

ついさきほどの自分と重なるようで、英司は眉間を押えた。

「で、珍太《ちんた》さんってだれだ?」

「鏡文字だよ。サンタクロースへの手紙だ」

自分にも覚えがあるらしい。ああなるほどと頷きながら、知章は中身を検《あらた》めた。

「フレンズマンの変身ブレスか。これ、かなりの人気商品なんだってな。品切れ続出だと聞いてる」

「知ってるのか?」

「リサーチ済みだ。心配しなくてもなんとかして入手するから、そんな顔するな」

英司の浮かない顔の原因が、入手困難なプレゼントにあると早とちりしたのだろう。知章は問題解決とばかりにサンタへの手紙を元に戻した。

「あっ……」

唐突に肩を抱き寄せられる。振り向いたときには、知章の顔が、見えなくなるほどに近づいていた。条件反射で睫毛《まつげ》を伏せる。

だが、唇が触れた瞬間、はっとした。

「英司……?」

キスの途中で押し退けられて、知章は不満そうに眉を寄せた。自らの襟元を摑むようにして、英司は顔を背ける。

「わ……悪い。けど……その手紙、透かして見ろ」

「?　……あー……」

英司に言われるまま、手紙を翳《かざ》した知章は苦笑を浮かべた。英司が沈んだ顔をする本当の理由を、いまになって悟ったようだ。

「歳の割に賢いと思ってたが、痕跡を残してしまう詰めの甘さは、まだまだだな」

「織斗のことを言えるのかよ」

つい憎まれ口を叩いてしまったが、本音を言えば、うっかりなところも賢いところも、知章に似ているところも似ていないところも愛おしい。だから余計に、一番の望みを叶えてあげられないことを、引け目に感じてしまうのだ。

「いっそ作るか、今夜あたり」

知章が、英司の耳介《じかい》にキスをした。そのままコリコリと軽く食まれる。産毛にかかる吐息がくすぐったくて、英司は身を竦《すく》めた。

「作るって……なにを……」

「わかってるくせに」

知章に手を取られ、そのまま下腹部に導かれた。厚手のパジャマの上から、円を描くように撫で回される。あるはずのない器官が疼《うず》くような錯覚を覚え、英司は狼狽《うろた》えた。

「で、出来るわけないだろ、ばか」

顔を真っ赤にして手近なクッションをぶつける。だが知章は慣れた仕草でひょいと受け止め、取り上げた。軽くはたき、英司側の肘掛けにぽんと放る。

「そうか？　わからないぞ。科学ってのは日進月歩《にっしんげっぽ》だしな、毎日おまえの中に注《そそ》いでいたら……」

「いい加減にしろ」

口では突き放しつつも、それ以上の反撃は諦めて腕を知章の首に回した。自然な流れで唇が合わさる。軽いキスを交わしながら、ふたりはソファに倒れ込んだ。肘掛けの横に収まったクッションが英司の背中を柔らかく受け止める。

「……っふ……」

唇が離れ、英司はとろんとした目を開けた。優しく見下ろす知章の、濡れた瞳が視界に入る。

「子供の言うことを、いちいち神経質に取り合うな。きっと書いた本人もとっくに忘れてる」

「……でも……」

頭ではわかっていても、割り切れない思いは胸底に蟠《わだかま》る。知章のような合理主義者には、わからない感情だろう。そう反論しかけた唇に、人差し指が押し当てられた。

「オモチャのほうがいいと思ったから、書き直した。その程度の欲求だってことだ」

まるでがんぜない子供に言い聞かせるように、知章が言葉を重ねる。穏やかな低い声が胸に染み入って、少しだけ気持ちが楽になった。なんだか照れくさくなって、目を合わせられなくなる。

「……ん。わかった……」

睫毛を伏せ、いつになく素直に頷いた。

キスに懐柔《かいじゅう》されたわけではない。いまの知章の言葉が嬉しかったからだ。

他人からは几帳面で気丈に見られることが多い英司だが、裏を返せば神経質で面倒くさい。だからこんなふうに心を守ってもらうと、自分が愛されていると感じて安堵する。

「いい子だ」

ちゅっと音を立てて額にキスを落とされた。それだけで胸が震えて、英司はますます赤くなる。ろくでもない恋愛が多かったが、それなりに経験は積んできた。いまさらカマトトぶるつもりもないのに、知章が相手だと、いちいち初心《うぶ》な反応をしてしまうのが恥ずかしい。

(僕の扱いに、慣れやがって……)

以前なら「偉そうに」と反撥《はんぱつ》しかねなかった一言も、いまみたいに優しい口調で囁かれると、身も心も簡単に蕩かされる。惚れた弱みというのは少し癪《しゃく》だが、事実なのだから仕方がない。それどころか、近頃は知章に触れられるだけで力が抜け、声まで甘く蕩けてしまうこともある。

「……英司……」

パジャマの裾から、知章の手が忍び込んできた。固い指先が乳首に触れる。

「っあ！」

無防備に艶《なま》めかしい声を上げてしまい、英司は慌てて口を閉じた。這い回る知章の手を咄嗟《とっさ》に摑んで止める。

「なんだよ、英司。俺に抱かれるの、嫌か……？」

「い、嫌じゃ、ない…けど、ここでは、ちょっと」

「ん……でも、ベッドまで我慢できないな……」

知章の囁きから、身体から、情欲の匂いが濃く立ち昇る。はからずも男の色香に煽《あお》られて、英司はぞくっと身を震わせた。

「でも……っこんなとこ、見られたら……」

「織斗はもう寝たんだろう?」

押し退けようとする英司と、知章の強引な愛撫が拮抗《きっこう》する。知章の首にかかっていたタオルが英司の上にぱさりと落ちる。

「起きてこないとは限らない…だろ」

知章が力を抜き、含みのある笑みを浮かべた。こういう笑いかたをするときはいつも、ろくでもないことを考えているときだ。

案の定、知章は席を立ち、さっさとリビングの灯りを消して戻ってきた。これでいいだろう、と言わんばかりに遠慮なく覆い被《かぶ》さってくる。

「我慢できないのは、ママも同じみたいだけどな……?」

「っあ!」

いきなりズボンの上から股間を握られ、ビクッと腰が戦慄《わなな》いた。硬い膨《ふく》らみを撫で回される。窮屈《きゅうくつ》になった下着の中で、じわりと先走りが溢《あふ》れたのがわかった。

「そ、それだけじゃ、なくてっ……ソファ……汚れる……」

男のくせに濡れやすい体質なのは自覚している。終わったあとはシーツまでぐっしょりということも珍しくない。知章はむしろ嬉しそうだが、後始末をするときに恥ずかしい。

「わかったよ」

知章が譲《ゆず》ってくれたので、英司はほっとして力を抜いた。知章が身体を起こし、パジャマの上を脱ぎ捨てる。

「それでも、したくないって言わない英司が好きだ」

「……っ」

いつでも抱かれる準備があるような言われように、英司は顔を赤らめる。言い返してやりたいが否定できる要素がない。息を弾ませ、潤んだ目で知章を睨《にら》む。

「い…いやらしい身体だって、思ってるんだろ」

子供を優先する生活は、セックスのタイミングを合わせるのが難しい。

ただでさえ、男同士という普通とは違った家庭を築いているのだ。住宅事情も相俟《あいま》って、秘め事は大概、深夜、子供部屋と壁一枚隔てたどちらかの寝室で、声を殺して交わることが多い。それはそれで燃えると知章は言うけれど、英司にとっては生殺しも同然だった。

なにしろ、恋人との同棲生活など初めてなのだ。いつでもできる環境にありながらできないという欲求不満は、まだ性欲盛んな二十代男子として、正直、つらい。

「誘えばいつでも応えてくれる、そこに愛を感じてる。来いよ」

腕を引かれ、連れて行かれたのは窓際だった。厚手のカーテンの裏側に、庭の常夜灯の灯りが映り込んでいる。窓を背にして抱き寄せられ、キスされた。

「——ッふ……」

ワルツを踊るように踏み込まれ、知章の下腹部に腰を引きつけられる。布越しにごりっと硬いモノが触れ、知章もまた昂奮しているのだと知った。キスの角度を変えるたび、擦りつけ合うような動作が繰り返されて気持ちいい。

「っあ……」

知章の左手がするっと下に降りた。

下着ごとズボンをずらされ、赤く勃起した性器が糸を引いて跳《は》ね上がる。咄嗟に隠そうとしてパジャマの裾を引き伸ばしたが、知章は、その手ごと胸まで捲り上げてくる。

「このまま持ってろよ。汚したくないだろ？」

「……！」

露骨《ろこつ》な要求に英司は顔を引き攣《つ》らせた。こんな恥ずかしい格好をさせられるくらいなら、面倒だがあとで着替えるほうがまだマシだ。どうせ、汗だくになってパジャマを替えるのは目に見えている。

「やれよ」

ぞくっとした。反撥心がとろりと蕩かされ、躊躇《ためら》いながらも従ってしまう。

知章は膝を折り、英司の前に跪《ひざまず》いた。性器の根元を指で支え、口に含む。驚く間もなく熱い口腔内にねっとりと包み込まれ、英司は顎を突き上げた。フェラチオの濡れた音と荒い呼吸が空気を淫猥《いんわい》に澱ませる。

「あ……っ、ぁ！」

立っていられないほどの快感に腰を震わせ、英司は窓に背を預けた。角度がついた先端が上顎に擦りつけられて気持ちいい。カチカチと奥歯が鳴る。

「つん……っう……！」

腰を支えていた知章の手が後ろに回った。半端に脱がされていたズボンを、膝近くまで引き下げられる。半端な脱がせかたがかえっていやらしく、英司は焼けつくような羞恥を覚えた。

「っや……トモ……それ、恥ずかしい……」

てらてらと光る性器の先端を舌で持ち上げ、なにをいまさらと知章が笑う。

「英司が、安心できないって言うからだろう」

わかっている。最低限しか服を脱がないのは、万が一の保険のためだ。織斗が起きてきたとき、二人とも全裸では誤魔化しがきかない。

「でも、……っぁ、ぅ……っ」

肉づきの薄い尻を揉みしだかれ、ガクガクと膝が震えた。

恥ずかしいのは格好だけではない。嫌がっておきながら結局流されて、気持ちよくなっている自分もだ。それどころか、身体はもっと奥まで満たしてほしいと知章を求めている。英司は目許を染め、舌っ足らずに知章の名前を呼んだ。

「……ともあき、……っ」

物欲しそうな声音に我ながら目眩《めまい》がする。だが意図は伝わったらしい。

知章がフェラチオを続けながら、指で後孔を探ってきた。滑る狭間《はざま》を掻き分けられ、薄く色づいた窪みを丸く撫でられる。

「あ、……!!」

潤まされた口がひくつき、知章の指先に意地汚くしゃぶりついた。全身が鳥肌立ち、またとぷりと先走りが湧き出るのが自分でも知覚される。溢れた先走りごと啜《すす》り込み、知章が息をついた。

「は……吸い込まれそ……」

肉食の獣のように舌で唇を舐める。

知章のその顔を見下ろした瞬間、根元まで一気に指を挿《さ》し込まれた。びくっと背筋が震え、窓ガラスが音を立てる。

「んぁっ……！　っん、ん……っ」

先走りや唾液で充分に濡れているせいか、痛くはなかった。後孔を広げるように指を抜き差しされ、気まぐれに奥を揺らされる。軽く突き上げられているような感覚に、自然と踵《かかと》が浮き上がった。

「……英司の中、あったかい……」

揶揄《やゆ》とも感嘆ともつかない呟きにも、英司は眉を寄せることしかできない。まだほんの数回しか身体を重ねていないのに、知章はもう英司の悦《い》い箇所を覚えてしまっている。与えられる快感に翻弄《ほんろう》され、気づいたときにはいつも高みに追い上げられている。

「つも……離し、て……っ」

英司は唾を飲み込み、知章を見下ろした。

知章が目を細め、ちゅぷっと音を立てて性器を口から吐き出した。唾液に濡れそぼった先端から、白濁混じりの先走りが滴《したた》り落ちる。自分の身体の一部だというのに卑猥《ひわい》すぎて直視できない。

知章は手の甲で口許を拭いながら、立ち上がった。

「挿《い》れてほしい？」

「……っ……ほしい……」

乱れやすい身体はすでにずぶずぶで、欲に蕩けきっている。

窓に背を預け、向かい合った体勢で片足を抱え上げられた。濡れた先端が後孔に擦りつけられ、英司は情欲に目を潤ませる。身体を密着させ、前からゆっくりと挿入された。

「ふ、っ……んっ、う……っ」

肉のあわいを押し広げながら、熱いモノが英司の中へと侵入してくる。

英司は声を立てないように眉を寄せ、知章の首に腕を絡めた。カーテンに後頭部を擦りつけ、喘ぎを押し殺して耐える。

震えが伝わったのか、知章が掠れた声で囁いた。

「つらくないか……？」

耳許にかかる吐息にゾクゾクする。

返事の代わりに、英司は知章の首を引き寄せた。自分から口接《くちず》ける。舌を絡め、ぴちゃぴちゃと音を立てて唇を貪った。唾液が糸を引いて滴る。

「平気……はやく……っ」

逼迫《ひっぱく》した声に知章が笑みを浮かべた。腰を摑み、ゆっくりと突き上げられる。誘ったときの強引さとは裏腹に、律動は緩慢《かんまん》で浅い抽挿《ちゅうそう》がもどかしい。片足だけをついた不安定な体勢で英司はもがき、腰を擦りつけた。

「ンッ……いっ……から、もっと……奥まで、突き上げて……っ」

声を我慢しているせいか、快感が身体の中に溜め込まれて苦しい。早くも余裕をなくしかけている英司を、知章がさらに追い詰めてくる。

「締めつけすぎだ、英司……きつすぎて、奥まで入らない……」

切なげな吐息混じりの訴えが、ますます身体を火照《ほて》らせる。

「あ……っあんたが、大きすぎるのが、悪いんだろ……っ」

「それ……けなしてないだろ」

「っあ……？」

軽く音を立ててこめかみにキスされる。

途端に腸襞がきゅうっと締まり、体内で息づく知章のモノに絡みついた。絞るように蠕動《ぜんどう》する。とろとろに蕩けた粘膜に扱《しご》かれて、ひとたまりもなくなったのか。知章は急に腰を引き、抱えていた英司の片足を降ろした。カーテンを半分ほど開ける。

「窓に手をついて、後ろ向けよ……そのほうが、深く挿入《はい》るだろ」

言われるまま、英司は身体を半回転させ、窓ガラスに手をついた。腰を引き寄せられ、今度は後ろから挿入される。さっきよりも深いところまで届いた。

一瞬で、快感が羞恥を上回る。

「ンッ、ぁっ……ぁ、っふ、ぁ……っ」

知章は手加減なしで激しく突き上げてくる。長大なモノに何度も貫かれ、英司は窓にすがりついた。抜き挿しのたび、張り出した先端が悦い場所を擦り上げる。脳が白く焼けるような強すぎる快感に、意識が次第に朦朧《もうろう》となってきた。

「声、抑えるんじゃなかったのか……?」

そうは言っても、理性などとうに弾け飛んでしまっている。しょうがないやつだなと笑う知章もどこかそれを愉《たの》しんでいるようだ。

耳許にかかる、濡れた笑みがくすぐったくて、英司はカリカリと窓ガラスに爪を立てる。

「っひっん……っ」

知章の左手が前に回り、乳首を摘《つま》んで刺激してきた。反対側の手で性器を握られ、律動に合わせて扱き上げられる。刺激的なシチュエーションに巧みな愛撫が重なって、我を失うほど感じていた。汗で濡れた肌に何度も腰を打ちつけられる。

「――――！」

ひときわ奥まで突き込まれ、全身総毛立つような震えが走った。限界を告げる間もなく、性器から白濁が迸《ほとばし》る。中がぎゅうっと締まり、知章が低く呻《うめ》いた。息を止めて静止する。

（あ……あ……出て、る……）

たっぷりと中に注がれているのがわかった。熱い体液が粘膜に染み込んでいくのを感じる。それにすら感じてしまい、英司はヒクヒクと痙攣《けいれん》した。

崩れた体勢を立て直すように、知章が腰を抱き直してくる。

「今日は一緒にイけたな」

肩越しのキスのあと、知章は満ち足りた笑みを浮かべた。昔観た外国映画に、こんなシーンがあった気がする。なんだか急に気恥ずかしくなり、英司は耳まで赤く染まった。

「な…に、ニヤニヤしてるんだよ……」

のぼせ上がった顔を見られたくなくて深く俯《うつむ》く。

「嬉しいんだよ。英司のこんな顔を見られるのは、俺だけの特権なんだし」

「だからって、じろじろ見るなよ……は、恥ずかしいだろ」

「そうそう、そんなふうにな。俺の前でだけは、いつまでも初々《ういうい》しい英司でいてくれ」

汗や体液でヌルヌルになった太腿を撫で回された。達したばかりで過敏になっている身体がたまらずビクつく。窓ガラスにすがる英司を後ろから抱き締め、知章が囁いた。

「愛してるよ、ママ」

「ばか、も、抜い――あ……っ」

まだ硬いペニスを抜き取られる。泡立った精液が、ゆっくりと太腿を伝い落ちる。いつもと違うシチュエーションが昂奮を深めたのか。快感の余韻が長引いて、まだ息が整わない。

ふと見ると窓ガラスに飛び散った精液が、幾筋も白い跡をつけていた。甘く霞《かす》みがかった意識の隅で、拭いておかないと、と妙に現実的なことを考える。英司の腰が立たないのを察した知章がティッシュを取りに行き、後始末をしてくれた。

「俺が綺麗《きれい》にしておくから、ベッドに行ってろ」

「え……でも」

「今夜は、朝まで一緒に寝よう」

関係が変わったいまも、寝室は別々だ。互いの生活リズムも違えば、尊重されるべきプライバシーもある。だが一番の理由はやはり、子供の教育上の問題だ。

「……ん」

まだ赤い顔でこくんと頷き、英司は踵《きびす》を返した。

立ったまま、きつい体勢で繋がったせいか、いつもより腰が怠い。ふらつく足取りで洗面所に行き、戸棚から新しいパジャマとタオルを取り出した。簡単に身体を拭き、着替えてから二階に上がる。

知章の部屋に入ると、英司はそのままベッドへ倒れ込んだ。

(あ……知章の匂い……)

閉じた目蓋の裏に、「愛してるよ」と囁いた知章の顔が浮かんだ。

まだ、中に知章がいるような気がして、無意識に下腹部を丸く撫でる。

いくら注がれても、この身体が子を孕《はら》むことはない。

(……弟、か)

子供の言うことだ。

知章が言うとおり、当の織斗も深く考えて書いたわけではないのだろう。

できないことを気に病んでも仕方がない。そう頭ではわかっているものの、棘《とげ》のように心に刺さったあの文言《もんごん》が、いつまでも消えてくれない。

(なにやってるんだ、知章……)

知章はまだ来ない。英司は寝返りを打ち、布団に潜《もぐ》り込んだ。

幸いふたりとも体力はあるほうだが、いまは季節の変わり目だ。風呂上がりにいつまでも薄着でいて、風邪でもひいたらどうするんだと、ひとり気を揉む。

（温めてやるから、早く、来い）

英司は目を閉じ、枕に顔を埋めた。


翌朝、きっかり六時に目を覚ました英司は、隣で眠る知章を起こさないように一階へ降りた。

リビングのカーテンを開け、朝の清々《すがすが》しい空気を入れる。

「寒……っ」

気象庁の発表によれば、今年は冬の訪れが早いらしい。今朝は特に肌寒く、息が白くなりそうなほど冷え込んでいる。

朝の支度を手早く済ませると、英司は一旦、自分の部屋に戻って着替えた。あと三十分もすれば織斗たちが起きてくる。それまでに朝食と弁当を用意しなければと、リビングの窓を閉める。ついでレースのカーテンを引こうとして、ふと窓ガラスについたくもりに気づいた。

「あ」

知章が始末してくれたまではいいけれど、手の跡までは気が回らなかったようだ。なるほどたしかに詰めが甘い。

バクバクする心臓を押さえ、英司は情交の痕跡を丁寧に拭き取った。

団欒《だんらん》を囲うリビングは、健全な家庭の象徴だ。男同士だからといって間違ったことをしているとは思わないけれど、子供の目に触れる場所に、性的な匂いは一片たりとも残したくない。しっかりと確認してからキッチンに立つ。

今朝の献立は米粉パンとごぼうのポタージュ、冬野菜のサラダ。大人はそれにベーコンエッグをつけ、織斗は白身魚のすり身と南瓜《かぼちゃ》パウダーを組み合わせて目玉焼きそっくりに仕上げることにした。

「おはよー英司……」

さっと茹でた蕪《かぶ》や人参、ブロッコリーを彩《いろど》りよく盛りつけているところに、織斗が起きてきた。

「おはよう、今朝はひとりで起きられて偉いな」

まだ眠そうな織斗に、どこか変わったところがないかを観察する。だが特に変わった様子はないようだ。可愛らしい欠伸《あくび》をしながら、英司のエプロンの端を握る。

「サンタさんに来てほしいもん」

「そうだな。じゃあ、今日は歯磨きだけじゃなくて、顔も自分で洗えるか?」

「うん! やる!」

織斗は洗面所に走っていき、顔を洗ったあとで朝の食卓に着いた。

織斗はサンタへの手紙を英司に託せたことで、安心してよく眠れたらしい。よほど欲しいオモチャなのか、クリスマスまでまだ二ヶ月近くあるというのに、パンをかじりながら「届けるの忘れないでね」と念を押してくる。純真な心で、いつまでサンタクロースの存在を信じていてくれるだろう。英司は微笑し、「男と男の約束だ」と頷いてみせた。

織斗が朝食を済ませ、菜園の水やりをするために庭に出て行くと、入れ替わるように知章が朝食に降りてきた。今朝はやけに機嫌がよくて鼻歌混じりだ。

三人分の弁当を並べ、仕上げの飾り切りをしている英司に背後から忍び寄る。織斗の姿が見えないことを確認し、素早く首筋のほくろにキスをした。わざわざイイ声で囁いてくる。

「おはよう、ママ」

理由はわかっている。セックスした翌朝の知章は機嫌がいい。あからさますぎて、こちらが恥ずかしくなるほどだ。だから英司も、わざとにっこり笑って付き合ってやる。

「おはようダーリン、朝食は出来てるぞ」

言いながら包丁の切っ先を向ける。知章の浮かれた表情が、一瞬で引き攣った。

「お、おう。ありが……」

「窓に手の跡が残ってた」

「えっ？　あっ！　……すまん……」

潜めた声音で、言いたいことはほぼ伝わったらしい。肩越しに窓を振り返り、知章はすまなそうに肩を竦めた。

「詰めの甘さは、まだまだだな」

いくら猫を被っていても、一緒に暮らし始めれば相手のすべてが見えてくる。知章に対するエリートという先入観は、一緒に暮らし始めて一週間で消え去った。

上昇志向が強く要領もいい、ビジネス人としては文句なしに頭も回る。だが、どこかしら抜けているのだ。複数の買い物を頼めば必ずひとつ買い忘れがあるし、似た商品で迷うと必ずと言っていいほど間違ったほうを買ってくる。それが原因で、何度つまらない喧嘩をしたことか。

だがいまは、こうした隙が知章の魅力のひとつなのかもしれないとも思う。

利己的な性格だったにもかかわらず、以前から知章を慕う部下は少なくなかった。プライベートはどうあれ、会社ではそれなりに愛される上司だったのか。

(少し、言いすぎたか……)

英司は包丁を置き、苦笑いするしかない知章のネクタイを引っ張った。耳許でコソッと囁く。

「今度から気をつけてくれればいいよ。……その、他のことは完璧だったし、ありがとう」

知章が目を瞠《みは》り、照れたように破顔する。愛おしむ視線に自分まで蕩けてしまいそうで、英司はぱっと手を離した。

「コ、コーヒーはブラックでいいんだよな？　すぐ用意するから、待ってろ」

「ん、サンキュ」

離れていく知章に背を向け、コーヒーメーカーをセットする。艶めいた接触に意趣返ししたはずが、結局、惑わされたのは自分のほうだった。知章から年上の余裕を感じる日が来るなんて、思ってもみなかったと火照る頰を冷ます。

（……なんか、悔しいぞ……）

こうなったら、弁当に入れる人参の飾り切りは、知章のだけハート型にしてやろう。

以前、部下に見られて恥ずかしかったと聞いて以来、可愛いデコ弁は控えるようにしていたが、今日だけは解禁だ。グリーンピースやハムや卵で花を作り、ご飯にも桜でんぶをまぶしつけ、ピンクのテディベア型おにぎりにしてやる。

部下の前でしどろもどろに赤面する知章の姿を想像し、英司は内心ほくそ笑んだ。

コーヒーをカウンターに置くと、知章が礼を言ってカップを取った。口をつけようとしてふと思い出したように言う。

「言い忘れてたが、今夜は遅くなる。新しいプロジェクトの立ち上げがいよいよ本決まりになってな」

さっそく炊飯器を開け、テディベアの手足を握りながら、英司は『ふうん』と頷いた。

「そうなのか、大変だな。これから忙しくなるんだろう？」

上層部から新プロジェクトの立ち上げを打診された話は知章から聞いていた。

若くして部長職というだけあって、社内でも知章は期待されているらしい。少し前まで、液化天然ガスや石油の調達ルート確保のため、米国から中東まで幅広く海外を飛び回っていたと聞いている。いまは、織斗との生活を第一に考え、長期に渡っての海外出張は避けているようだが、今度はどうなるかわからない。

「でも朝はいままでどおり。俺がちゃんと織斗を保育園まで連れて行くから」

夜に顔を合わせられなくなるぶん、せめて朝だけでも織斗と触れ合う時間を作るという気構えなのだろう。親としての責任を、以前よりずっと強く感じているようだ。織斗が急速に懐いた理由も、きっとそのあたりにあるのだろうと、頼もしく見守ることにした。

「ん…わかった」

英司とて本音を言えば寂しい。だが、これも一時《いっとき》のことだ。

遅くなるといっても連日泊まり込むわけでなし、来月には師走《しわす》を控え、忙しいのはなにも知章だけではない。ただ、せめて恋しいのは自分ばかりではない、と思いたい。

英司が何食わぬ顔で渡した弁当を、知章はいつものように鞄に入れて出て行った。

「行ってくる」

「いってきまぁーす！」

保育園の制服に黄色い帽子と黄色いバッグを持った織斗が元気に叫ぶ。スーツ姿の知章としっかりと手を繋いだ姿はいつ見ても微笑ましい。

いってらっしゃい、とふたりを見送り、その一時間後に英司もまた家を出た。


英司が勤務するのは、バスで数駅先にある私立の子ども図書館だ。

前館長である宇枝《うえだ》が問題を起こして職を辞し、代わりに新しく館長に着任したのは三十代の女性だった。

名は櫻田《さくらだ》といい、ふっくらとした身体つきに子煩悩な笑顔が特徴的な、親しみやすい女性だ。自分も四歳と二歳の女児の母親で、「お話し会」の読み聞かせ役も慣れている。情感たっぷりの柔らかな声は利用客にも好評で、すぐにすっかり職場に溶け込んでしまった。

小さな子ども図書館はいま、館長である櫻田と、英司を含む三人の司書、そして読み聞かせのボランティア大学生数人で回している。年末年始と土日だけは閉館するが、祝祭日は基本的に開けているので、合わせて「お話し会」を入れることも多い。

「おはようございます」

いつものように職員用の裏口から入り、事務室に顔を出す。前時代的なタイムカードを押して席に着くと、斜め向かいのデスクから櫻田が声を掛けてきた。

「おはよう、日向野くん」

いつものように挨拶《あいさつ》を交わしたとき、少し顔色が気になった。寝不足なのか、目の下にうっすらクマが透けて見える。

司書の仕事は図書の貸出や返却業務だけでなく、来館者への対応や、新しく購入する絵本の選定や発注業務など多岐に渡る。

もしかしたら疲れが溜まっているのかもしれない。

書架の整理や清掃を済ませ、朝礼後に図書館を開けた。いつも率先して元気よく来館者を迎える櫻田が、やはりどこか上の空だ。気に掛けながらも午前中の業務に追われるうち、あっという間に昼になった。

昼食は交代制で、事務室で摂ることが多い。入れ違いに他の職員が出ていくと、英司は見かねて声を掛けた。

「館長、どうかされたんですか。朝から、元気ないようですけど」

ぼんやりとデスクに座っていた櫻田は英司を見、それからデスクに視線を落とした。絵本の修復作業をしていたようだったが、さっきからあまり進んでいない。ややあって、櫻田は「ごめんなさい」と溜息をつく。

「……昨日、夫婦喧嘩しちゃって」

もっと深刻な悩みかと思っていた英司は目を瞬いた。

いや、当人にとっては深刻なのかもしれない。いつも明るく元気な櫻田が、仕事にプライベートな悩みを持ち込むなんてよほどのことだろう。

問題なのは、原因が犬も食わない喧嘩だろうとなんだろうと、館長が沈んでいたら職場の士気にかかわる、ということだ。

「お節介《せっかい》かもしれませんが、少しでも気が楽になるのなら、聞きますよ」

櫻田は最初こそ躊躇っていたものの、「だれにも言いませんから」と付け加えると、堰《せき》を切ったように話し始めた。

「主人が先日、同窓会に出席して……そこで、昔の恋人に会ったらしいの」

「ふたりきりで会ったわけじゃないんですよね？」

「ええ。でも帰りに、酔った彼女を家の前まで送ってあげたらしくて」

「それ、ご主人が自分から言ったんですか」

櫻田は首を振った。ひとりで抱え込むより、だれかに聞いてほしかったのだろう。デスクの上で手を組み、溜息をつく。

「主人のスーツから女物の香水の匂いがして……なんかピンときて問い詰めたら、誘われたって認めたのよ。断ったって主人は言うけど」

「信じてあげられなかったんですね」

久しぶりに会った元恋人に誘惑される、男としては夢のような展開だ。断ったにしても、問い詰められるまで黙っていたのなら、もしかすると疚《やま》しい心があったのかもしれない。

太古の昔から男は誘惑に弱いと相場が決まっている。いまの生活に満足していても、きっかけさえあれば過去の恋人と寝てしまうことが絶対にないとは言い切れまい。

「それは……」

疑われるような行動を取るほうが悪いんですよ……そう言おうとしてやめた。櫻田の目が、みるみる真っ赤に潤んできたからだ。

「写真で……見たことあるから、余計にね。彼女、私より背が高くて美人で、スタイルも昔のま
ま……私とタイプが全然違うの。やけぼっくいに火がついたらって思うと、嫉妬《しっと》が止まらなくて
……自分が愛されてないわけじゃないのに、駄目ね」
無理に笑顔を作ろうとした瞬間、目から涙が零れ落ちた。こんな調子で、ずっと気を張ってい
たのだろう。英司は痛ましく眉を寄せ、そっとハンカチを差し出した。
「ありがと……」
櫻田が受け取ったハンカチを目許に押し当てる。鼻を啜る音だけが部屋に響いた。
こんなとき、知章ならもっとうまく慰められたのだろうか。いや、下手な慰めは女の自尊心を
傷つけるとかなんとか言って放っておいたかもしれない。
だが英司は、この手の相談事を自分と置き換えて考えてしまう。相手が悩みを解決したいので
はなく、だれかに聞いてほしいだけだったとしても、放っておけない。
(昔の女、か……)
そういえば、知章にもそんな相手がいたなと思った。
詳しく聞いたことはないが、相手はたしか、同じ会社に在籍する年上女性だった。身体だけの
ドライな関係だったと言われたが、いまも顔を合わせることくらいはあるのだろうか。
(……他人《ひと》のことは言えないか)
前館長である宇枝と英司は以前、不倫関係にあった。栞との結婚を機に清算したものの、栞が

亡くなってから再びよりを戻すよう迫られ、職場で強引にことに及ばれた現場を、知章に見られている。

その後もしつこくつきまとわれたが、結果的に知章が撃退してくれた。逃げるように辞職していった宇枝が、いまどこでなにをしているのか、だれも知らない。知りたくも、ない。

啜り泣きが止むのを待って、英司は口を開いた。

「お気持ち、お察ししますよ。隠しごとをされると、疑いたくもなりますよね。館長だけが悪いんじゃないと思いますよ」

恋をすると駄目になる人間は、尽くすタイプに多いと聞く。英司はまさにその典型だった。でもいまは傍《そば》で支えてくれる相手がいる。

櫻田も、自分が愛されているとわかっているようだし、すぐに仲直りできるだろう。

「ありがと。でも、今夜ちゃんと主人に謝るわ」

目許を拭い、櫻田は笑顔を見せた。

いつもの彼女にはない、どこか無理をしているような儚《はかな》い笑みが、女らしさを印象づける。

たぶん、櫻田の夫は、彼女のこんな健気で素直なところを好いて結婚したのだろう。守ってあげたくなるような一瞬の隙に惹きつけられる気持ちは同じ男として理解できる。ただ英司の場合は、それが恋愛感情と結びつかないだけだ。

「大丈夫ですよ。きっといい方向に行きます」

「そうね。職場でこんなプライベートな話をしちゃって、ごめんなさいね。日向野くんだと話しやすいっていうか、女性寄りの意見で味方してくれるからかな。モテるでしょ？」

それは僕がゲイだからですよ……とは言えず、英司は苦笑いで誤魔化した。

「とんでもない、モテませんよ」

ゲイだからこそ男に愛されたい側の気持ちがわかるというだけで、女性にモテてもなんの意味もない。

それに、自分のようなツンケンしているタイプよりも、櫻田のように素直で健気な性格のほうが、男性には愛されやすいだろう。

悲しいことに、過去の恋愛を振り返っても、英司は常に相手の本命ではなく、浮気相手でしかなかった。自分が男にモテるタイプではないとわかっているから、強く出られなかったのだ。

でも、いまは違う。

「聞いてもらったら気が楽になったわ。本当にありがとう。ハンカチ、洗ってお返しするね」

「気にしなくていいですよ。午後の『お話し会』は笑顔でいきましょう」

以前なら必要以上に同調したかもしれない話題を、客観的に聞くことができる。それもまた、知章によって変えられた自分の、成長の証《あかし》と言えるかもしれない。

だれも愛さない人生は寂しいと訴えた英司に、それなら自分を愛してほしいと知章は言った。

不器用なまでに真っ直ぐな気持ちをぶつけられて、苦しかった日常が幸福そのものへと変わる。

カエルの王子が悪い魔法から解き放たれたように、毎日が夢見心地だ。

まさか、自分の身にお伽噺《とぎばなし》のような出来事が起きるなんて想像もしていなかった。いまを守ることに必要以上に必死になるのは、まだ英司が幸福というものに慣れていないせいかもしれない。

「さ、休憩に行ってください」

館内のオルゴール時計から、正午を告げるメロディが流れ始めた。


それから数日後の夜のことだった。

知章はその日、午前一時を回っても帰宅しなかった。

あらかじめ聞いていたから特に心配はしない。織斗は起きて待っていたがったが、いい子だからと先に寝かせた。親子の触れ合いも大事だが、幼いうちから夜更かしの癖をつけさせたくない。

英司も早々に自室へと引き上げたが、なんとはなしに目が冴えて寝つけなかった。

目蓋を閉じ、何度も寝返りを打っては溜息をつく。

とりとめもなく先日の櫻田の話を思い出していると、玄関が開く音がした。知章がようやく帰宅したらしい。

起きて玄関まで迎えに行った英司が声を掛けると、靴を脱いでいた知章が飛び上がった。

「うわっ！　た、ただいま」

「なんだよ、その驚きようは」

「先に寝てるものとばかり……」

　常夜灯の下に突如として現れた人影に、よほど驚いたらしい。知章にしては意外な反応に、なにか他に気を取られるようなことでもあったのだろうかと不安が過《よぎ》った。

「別に、あんたを待ってたわけじゃないけど。たまたま、寝苦しかったから起きてただけ」

「そうか、……ああ、そうだ。これ、渡しておくよ」

　知章の脇に置かれていた大きな紙袋を渡される。子を持つ親には馴染《なじ》みのある、老舗《しにせ》のトイショップの紙袋だ。受け取ると、中にはブルーの包装紙に大きなリボンがついた箱が入っていた。

「プレゼント……？」

「例の変身ブレスだよ。部下に服部《はっとり》ってやつがいて…あ、そいつ男だけど、実家が玩具の卸《おろし》屋かなんかだって言ってたの思い出してな。頼んで特別に手に入れてもらったんだ」

「あ…そうなんだ、ありがとう。織斗もきっと喜ぶ」

「クリスマス当日まで、どこかに隠しておいてくれ」

　大切に紙袋を抱き締める。知章は自分たち家族のことを大切に思ってくれている。その気持ちが伝わってきて嬉しかった。思わず笑顔になると、知章も嬉しそうに英司の肩を抱いてくる。

「この家で迎える初めてのクリスマスだもんな。英司が欲しいプレゼントは？」

「僕はいいよ。知章こそ、なにかリクエストはないのか」

「俺もなぁ…実はなにも欲しくないんだよな。英司と織斗が笑っててくれれば、他にはなにもいらないっていうか。心が満たされると人間、無欲になるのかもしれないな」

髪にキスしながら歯が浮くような台詞《せりふ》を言われ、英司は赤くなって俯いた。

だが、最後の台詞はあながち嘘ではないのかもしれない。以前の知章は長ったらしい名前の輸入車に乗り、自宅マンションには高価な腕時計をコレクションしていた。だがいまではご自慢の外車にチャイルドシートを取りつけて悦《えつ》に入っている。

「それとな、少し時間を取れるか。英司に話しておきたいことがある」

「いますぐ?」

「明日でもいいけど、ここまで言ったら英司だって気になるだろう」

内容が重要かどうかはさておき、知章の言うとおりだった。このままでは気になって眠れそうにもない。

「あんたが、まだ寝なくても平気だって言うなら……。リビングで聞くよ」

プレゼントの包みを戸棚に隠し、英司はデカフェの紅茶を淹れた。知章はソファの背にコートを引っ掛け、ドサリと座る。いつもと違う畏《かしこ》まった雰囲気に、胸騒ぎを覚えた。

テーブルに湯気の立つカップをふたつ置き、無言のまま知章の向かいに座る。上着を脱ぎ、ネクタイを緩めながら、知章が単刀直入に切り出した。

「今日、発表になったプロジェクトチームのメンバーの中に、矢名瀬《やなせ》がいた」

「矢名瀬……？」

（——あっ……）

そうだ、思い出した。

矢名瀬カオリ——知章が以前、セフレとして付き合っていた女性だ。

当事者以外、社内でふたりの関係を知る者はいないと言っていたが、それが裏目に出たらしい。

タイムリーな話題に、一抹の不安が過る。

「カオリも社内では数少ない女性役職者だからな。海外事業部内でも評価は高いし、中東のビジネス情勢にも詳しいから、外す理由がない。個人的な理由で俺が抜けるのも憚られる」

「そ……そっか」

ぽろっと知章の口から出た「カオリ」という呼び名が気になった。本人は無意識なのだろうが、いまでも下の名前で呼ぶほうがしっくり来るほど親密な関係だったことが窺《うかが》える。むしろそのことにショックを受けて、英司の気鬱《きうつ》は深まった。

「で、英司。俺が言いたいことは、わかってくれるな」

「……仕事だから、心配するなってことだろ……」

知章が、ホッとしたように頷いた。

「俺は浮気はしない主義だ。彼女との私的な関係はとうに終わっている。彼女も同意見だ。他に聞きたいことはあるか？」

「え？　あ……そうだな……うん……」

矢継ぎ早に応答を重ねられ、英司は困ったように視線を落とした。

仕事だと頭ではわかっている。だが正直なところ心穏やかではない。

（まあ、隠されるよりは、マシだけど……）

知章は隠し事を嫌う。まっさきにこの話をしたのも、合理主義者ゆえの心算《しんざん》だろう。あとから発覚して、あらぬ疑いを掛けられるより、先に話してしまったほうが気持ち的にも楽に仕事ができる。

「なんでもいいぞ」

知りたいことはいろいろあるが、考えが纏《まと》まらない。知ったところで気鬱の種になるだけかもしれない。迷いつつも英司は口を開いた。

「えと……矢名瀬さんって、どんな人……美人……？」

すぐに、下世話なことを聞いてしまったと後悔したが、知章に気を悪くした様子はなかった。

苦笑じみた表情で、しかし淡々と答える。

「主観にもよると思うが、美人の部類には入るだろうな。けど、まあ、新しい油田やガス田が見つかれば、危険を顧《かえり》みず、自ら志願して行っちまうような女だぞ」

「そういうのが好みなんだろ」

知章の好みは一貫してわかりやすい。

琹もキャリアパスを目指す専門職で、はっきりとものを言うタイプだった。男と対等に渡り合えるような女か、もしくは本当に男性か。少なくとも卑屈《ひくつ》で内に籠《こ》もるタイプは好まない。

ぼそっと突っ込んだ英司だったが、知章はニヤリと笑った。

「気が強いってことか？　おまえみたいに？」

「なっ……」

思わぬ反撃に、かぁっと顔が熱くなる。

「とにかく、英司が心配するようなことはなにもない。帰りが遅くても、起きて待っていなくていい。勝手だと思われるかもしれないが、今回のプロジェクトは社運がかかっているんだ。よろしく頼む」

打って変わった真摯《しんし》な態度で、知章は頭を下げた。

育児の比重でいえば、織斗の食を担う英司のほうが負担が大きい。だからこそ体調管理の意味も込めて、先に寝てくれと言うのだろう。知章の優しさだとわかるだけに嫌とは言えない。

「頭上げろって、いいよ、それくらい……。遅くなるのは、いつまでなんだ？」

「取りかかってみないことにはわからないが、おそらく年は越すだろうな」

少なくとも、プロジェクトが軌道に乗るまでは多忙な日々が続くようだ。先の見えない話に、仕方ないとわかっていても寂しくなった。

（週末とかも出社かな……織斗もいるし、僕の相手までしてられないよな）

でも、これは自分の我が儘だ。

長期出張を断る程度なら個人の評価に響くだけで済む。だが社運を左右するプロジェクトとなれば、話は違ってくる。ここで私情を優先すべきではない。

「わかった。頑張る父親の姿を見れば、織斗もわかってくれるよ。僕から説明するし……でも……」

少しは構ってほしい。

そんなニュアンスが口から飛び出しそうになり、英司は慌てて唇を引き結んだ。たったいま私心を抑えたつもりが、つい本音が出そうになってしまった。やはり知章とふたりきりだと以前より甘えたがりになっている。

「でも、なんだ？」

「な、なんでもない」

知章がいまの仕事にやりがいを感じていることは、日々の表情を見ていればわかる。三十代半ばにして、何百億という予算を動かす一大プロジェクトのリーダーに抜擢《ばってき》されたのだ。長期の海外出張を避けているいま、滅多《めった》にないチャンスと言っても過言ではない。

（寂しいくらい、僕が我慢しないとな……）

大丈夫。しばらくの間、生活が擦れ違ったとしても、自分たちは家族なのだから。

矢名瀬が美人かどうかなどというくだらない質問にも、知章は呆《あき》れずに答えてくれた。英司の不安を少しでも取り除こうと、こうして真摯に向き合ってくれている。いま以上を求めたら、きっと罰が当たる。そう、自分に言い聞かせる。

「でも、〝寂しい〟のか?」

「! なんでわかっ……あ……」

テーブルにカップを置き、知章はニヤけた顔で立ち上がった。鈍いくせに、こういうときだけはなぜか勘が働くらしい。英司が座る、ひとり掛けのソファのアーム部分に腰掛けた。

「な、なに自惚《うぬぼ》れてんだ。身体だけは壊さないようにしろって言いたかったんだ。もうアラフォー手前なんだしっ、い、いまは家族がいるんだし……っ」

「そこは嘘でも寂しいって言えよ」

「な…なに甘えたこと」

ぽんと頭に手を置かれた。

洗いたての髪を弄《もてあそ》ばれる。繊細で優しい仕草に、鼓動が騒ぎ出した。

膝に置いた拳《こぶし》をぎゅっと握り締める。

(……言えるわけ、ないだろ……)

なにかひとつ手に入れるとひとはどんどん欲張りになっていく。織斗と知章と三人、一緒に暮らせるだけでも希有《けう》なことなのだから、寂しいなんて甘えられない。それに仕事に心血を注ぐ知章を応援したいという気持ちも嘘ではないのだ。

「まあ、いいさ」

知章は手を退け、少し砕けた表情で片眉を上げた。

「もうじき名字も一緒になるんだ、正妻はどっしり構えていろ」

「ば……っ、だれが正妻だ。他に愛人でもいるみたいな言いかた……」

「安心しろよ、俺は浮気はしない主義だ」

「何度も言わなくても、もう……」

言いかけて、ふと先日の櫻田が脳裏を過った。

『……やけぼっくいに火がついたらって思うと、嫉妬が止まらなくて……』

焼けぼっくいに火がついて、浮気じゃなくなったら――？

離れていこうとした知章の手を、英司は咄嗟に摑んだ。

「英司？」

「――今日……背中、流してやろうか」

知章は目を丸くしたが、すぐに表情を柔らかくして手を解いた。

「嬉しい申し出だが、もう遅いしな。英司だって疲れてるだろ」

「そんなこと」

「明日も愛妻弁当、頼むな。この間のクマも愛情たっぷりで美味《うま》かったよ」

「……あっ……」

数日前の仕返しを思い出し、英司は咄嗟に知章を窺い見た。

だが依然《いぜん》として知章は平気そうな表情だ。堂々とした態度に、ああ、と悟る。

(知章は、恥ずかしいなんて思ってないんだ……)

英司のことも、英司が作った弁当も、人目につこうがつくまいが、気にしていない。無理に隠すこともなく、もちろん見せびらかすこともない、ただありのままを受け容れ、楽しんでいる。

「弁当箱、貸せよ。洗っておいてやるから、あんたは風呂入ってこい」

「どういう風の吹き回しだ? 『食事を作ってもらったほうが食器を洗う』のは、日向野家の基本ルールだろ」

「き、今日は特別だ。明日も定時出社だろ、ほら」

鞄を奪い取り、知章が持ち帰った弁当箱を取り出した。包みを開けなくてもわかる、仕切りが音を立てるほどの頼りない軽さが嬉しい。

知章をリビングから追い出すと、英司は流し台に立った。綺麗に平らげられた弁当箱を洗いながら、今日は知章の好物を入れてやろうとメニューに思いを馳《は》せる。

カオリだけでなく、知章はずいぶんと女性にモテるらしい。だが、毎日、手弁当を持たされている男にちょっかいを出す女もいないだろう。

（大丈夫……僕は愛されてる……）

自分たちは、大丈夫だ。

食器を洗いながら、何度も自分に言い聞かせる。

【二】

週末の土曜日は祝日だった。

前々から約束していたこともあり、朝早くから遊園地に向かった。その日は織斗が大好きな『フレンズマン』のヒーローショーが開催されるという。

織斗は前夜から興奮状態で、英司は寝かしつけるのに一苦労だったが、「いい子にしてないとサンタが来ないよ」と諭《さと》すと渋々、目を瞑《つむ》った。いまの時期の子供に、サンタは絶大な力を発揮する。

当日は雲ひとつなく、英司は張り切って大きなランチボックスに食べ物を詰め込んだ。

朝晩は冷え込むが、晴れていると日中は平年並みに暖かい。三人は観覧車やメリーゴーランドを楽しみ、お昼は人通りの少ない園内の一角のベンチで英司の作った弁当を開いた。飲食物の持ち込みができないテーマパークにはなかなか長居できないが、ここは許可されているので気兼ねなく遊べる。いつもより腕によりをかけて作った弁当の蓋を開け、織斗は目を輝かせた。

「わあーフレンズマンだー!!　変身ブレスもちゃんとある！」

フレンズマンを模《かたど》ったキャラクター弁当だった。変身アイテムも海苔やハムをくり抜いて丁寧に作ってある。竹輪《ちくわ》やはんぺんなどの練り物には繋ぎに卵が使われている場合が多く、土台からすべて英司の手作りだ。作業の細かさに何度も挫折しかけたが、織斗の喜ぶ顔を見ると、作ってよかったと嬉しくなった。

「よかったなー織斗」

驚きと笑いがないまぜになった表情で、知章がもうひとつのランチボックスを開ける。

「お、こっちはハンバーグの……なんだ？」

「フレンズマンが先週倒した敵だよ！　こいつから食べる！」

織斗は子供用の箸《はし》を膝に置き、「いただきます」と小さな手を合わせた。鶏卵の代わりにコーンスターチを繋ぎにしたミニハンバーグも英司の得意料理のひとつだ。織斗が苦手な鶏の皮も、ピーマンのきんぴらも今日はスルスルと喉を通っていく。

昼食が済むといよいよヒーローショーの整理券の列に並んだ。じっとしていない子供を母親に預け、自分だけ順番待ちをする父親の姿もちらほらある。長い列が進むのを、いまかいまかと待っていたときだった。

「お兄ちゃんばっかり、ずるーい！」

子供の叫ぶ声に振り返ると、後ろのほうに並んでいた子供がふたり、父親らしき男性を挟んで言い合っていた。母親はトイレにでも行っているのか、パンパンに膨らんだママバッグが男性の足許に置かれている。

「ねーパパー、ボクにも買ってー？」

「あっくんにはさっき、ママが別の買ってあげただろ。お兄ちゃんに貸してっていいなさい」

「やーだよ、これおれのだもん！　あっくんはすぐ壊すから触っちゃだーめー」

どうやら、お土産売り場のオモチャかなにかを巡って、兄弟間に争いが勃発したらしい。上の子供は織斗と同じか、少し大きいくらいだろうか。下の子がウワァンとべそをかき始めると、父親はうんざりした顔で「なかよくしなさい」と叱った。子供を持て余しているのが手に取るようにわかる。

「僕がお兄ちゃんだったら、貸してあげるのにな――……」

やりとりをじっと見つめていた織斗がぼそっと呟いた。なにげないその一言が、胸に刺さる。やはり、弟が欲しいというのは隠れた本音だったのかもしれない。

英司がなにか言おうと口を開きかけたそのとき、知章が手を引っ張った。

「もうすぐ列が動くぞ。織斗、迷子になるなよ」

織斗が兄弟から目を逸らし、パッと表情を輝かせる。

「ホント？」

「ああ、もうすぐ本物のフレンズマンに会えるぞ」

「やった！」

知章の手をぎゅっと握り、英司を振り返る。ふたりを凝視していた英司は、慌てて「楽しみだな」と笑顔を作った。

織斗はもうすっかり兄弟のことなど忘れたように、主題歌を口ずさんでいる。知章がちらと気遣うような視線を流してきたが、あえて気づかないふりをして、織斗の空いているほうの手を取る。川の字で手を繋ぐ自分たちが、周囲からどう見られているのかなんて、もう考えない。

辛抱強く開場を待った甲斐《かい》あって、知章たちは運よく一番前の列に席を取ることができた。

「よい子のみんなー、こんにちはー!!」

マイクを持ったMCの女性に、保護者に連れられたよい子のみんなが「こんにちはー!!」と叫ぶ。会場には織斗と同じくらいの子供たちと、それからなぜか若い女性の姿も目立つ。お決まりのマナー注意事項や応援の練習のあとで、ステージにヒーローが登場した。

「今日はみんなのために、フレンズマンが来てくれましたよー?」

子供たちがわぁっと叫び、いっせいに目を輝かせる。

「よかったなー織斗、本物のフレンズマンだぞ」

「うん！　すごい！　かっこいい！」

織斗は夢中だ。やがて怪人が登場し、アクションが始まると、熱気はさらに高まった。ハラハラとステージを見つめる織斗を膝に抱っこしたまま、知章が耳打ちしてくる。

「なあ、本物そっくりだな……まさか中身もテレビと同じってことはないよな……イテテッ」

英司は前を向いたまま、知章の脇腹を抓《つね》った。

「無粋《ぶすい》なことを言うんじゃない」

「だってすごく動きがいいぞ。中のアクター」

「中にひとなどいない」

ステージではフレンズマンがピンチに陥《おちい》った。近くのちびっこが泣き出し、織斗がおろおろと知章を見る。

「どうしようトモ、フレンズマンが負けそう」

「織斗、さっきお姉さんなんつった？」

さきほど練習したばかりの応援の仕方を思い出したのか、織斗はハッとした顔をした。お決まりの台詞とポーズで「友情パワー」を送る。織斗と一緒に同じポーズを取る知章にならって英司も真面目に付き合った。

「フレンズマンが負けないように、織斗もがんばれ」

「うん！」

知章がこうした家族サービスを嫌がらないのは意外だったが、案外楽しんでいるようでほっとした。たまには、こんな休日があってもいいのかもしれない。

会場のよい子たちの友情パワーに助けられ、フレンズマンは無事に敵を倒した。

「よい子のみんな！　また会おう！」

とうっと去っていくフレンズマンに、ちびっこたちが「ばいばーい!!」と叫んでいる。

ヒーローショーは大盛況のうちに終わり、着ぐるみヒーローに握手してもらった織斗はご満悦で帰路についた。

「ぶーん！　どっこーん！　ゆうじょうーハリケーン！」

織斗はまだヒーローショーの余韻が残っているらしく、家に着いても知章相手に必殺技を繰り出している。ヤラレ役を担っていた知章が、ふとリビングの壁掛け時計の前で足を止めた。

「あれ……時計、止まってるな」

「あ、本当だ。いまは……三時半か」

時計の針は十二時五十分で止まっている。知章がダイニングから持ってきた椅子を台にして壁から外した。織斗が覗き込む。

「時計、壊れちゃったの？」

栞の友人から結婚祝いにもらった壁掛け時計だった。昼の十二時になると数字盤の上にある扉が開き、中から人形が踊りながら出てくる。

「たぶん、電池切れだろう」

「みたいだな。単二電池か……買い置き、なかったよな。ちょっとコンビニまで行ってくるよ」

「ああ、頼む」

知章は頷き、財布とキーを手に出ていった。一緒に行きたがるかと思ったが、意外にも織斗は玄関で元気よく見送り、すぐさま戻ってくる。飛び跳ねながら英司に纏わりついた。

「ねーねー英司、でんちぎれってなに、あの時計どうなっちゃうの」

どうやら時計の裏蓋をさっと外した知章が、かっこよく見えたらしい。織斗は近頃、いろいろなものに興味を持ち始め、「コレなに」「アレなに」「どうして？」を連発するようになった。大人になるとなんでもないことが、子供には物珍しかったりするようだ。

「さっき知章が取り出した丸いやつな、あれが電池って言って……」

ピンポンとチャイムが鳴った。知章が出ていって、まだ十分ほどしか経《た》っていない。なにか忘れものでもしたのだろうか。

「なんだよ、忘れ物……」

玄関のドアを開ける。数メートル先、門の前に立っていた女性が、英司に気づいて頭を下げた。

「初めまして、急に押しかけて申し訳ありません、矢名瀬と申します」

「……！」

英司ははっと息を呑んだ。

（——なんで……）

頭の中が混乱する。

どうしてカオリが、この家を訪ねてくるのだろう。知章が、住所を教えたのだろうか。

「……あの？」

「あ……すみません、すぐに参りますから」

どんな理由があるにせよ、彼女を家に上げたくなかった。この家は家族の城、他人に踏み込まれたくない。英司はその辺にあった履き物を引っ掛け、急いで外に出た。

「槍水部長には、いつも会社でお世話になっています」

「いえ、どうも、ご丁寧に……」

知章だと思い込んで、インターホンを確認しないで出てしまったのがいけない。

バッグから名刺を出したカオリは、いかにもキャリアウーマンといった雰囲気だった。髪を夜会巻にし、細身のパンツスーツにほんのりと華やかな香水を纏っている。知章も言っていたとおり、充分美人の部類に入るだろう。

(このひとが……知章の元……)

話に聞いていたとはいえ、いざ目にしてしまうとリアルな焦《あせ》りが胸に迫ってくる。

男勝りな女傑《じょけつ》のように知章は形容したが、細いながらも凹凸《おうとつ》のはっきりしたカオリの身体は、充分に女を感じさせた。

もっとも、こんなふうに生々しく感じるのは、知章と肉体関係にあったという先入観のせいもあるだろう。

早く、目の前から消えてほしい。

英司は早口で尋ねた。

「それで、ご用件は?」

ええ、とカオリは鞄から大きな封筒を取り出し、英司に差し出した。

「お休みの日に失礼かとは思ったんですけど、急ぎの資料が出来上がったので、届けに来たんです。月曜の会議に使うものなので、目を通しておいていただきたくて」

いまの発言からは、カオリがこの週末も仕事をしていたことが窺えた。スーツ姿ということは、いまのいままで休日出社していたか、下手したら泊まりだったのかもしれない。

「そ…うでしたか、すみません。ト…槍水はいま出てまして……さっき出ていったばかりだから、呼び戻しましょうか？」

「いえ、私ももう帰って休みますし、さっき社用携帯に電話したら、お家のポストに入れておくようにと言われたので。お手数ですけどこれ、渡しておいてください。大事な資料なので、お家にひとがいらっしゃってよかったです」

（ポストに入れておけ、か）

知章は、すぐに帰宅するつもりでそう指示したのだろう。

カオリと顔を合わせれば、英司の心が乱れることくらい、知章はわかっていたはずだ。だがカオリにしても、もし家人が在宅するのなら、大切な書類をポストに放り込んで立ち去るより、手渡しを頼んだほうが確実だと考えたのだろう。

知章もまさか、カオリがインターホンを押すとは思っていなかったに違いない。ひとまず、そう納得して、英司は封筒を受け取った。

「わざわざ、ありがとうございました。本人に渡しておきます」

ふとカオリと視線がかち合った瞬間、くすりと笑われた。

「……なにか？」
「いえ、失礼しました」
いまだ笑いを堪《こら》えるようなカオリの表情に、不快な気分を味わう。カオリは口許を押さえたま
ま、小さく肩を竦めた。
「ごめんなさい。呼び鈴押したら、あなたが彼の奥さんみたいに出てきたから、なんだかオママ
ゴトしてるみたいに見えてきちゃって」
「奥っ……!?」
ギクリとした。まさか本気で英司が知章の恋人だと勘づいたわけではあるまいが、会社でおか
しな噂を立てられたら知章が困る。
「子供がいたとは聞いていたけど、まさか男三人で同居してるなんて思わなかったし、いやに週
末の休みを死守してるなと思ったら、休日は家族サービスで出掛けてるとか、なんだかもう」
たぶん、携帯に電話したときに、遊園地のことを聞き出したのだろう。
英司の焦燥《しょうそう》と危惧を他所《よそ》に、カオリはおかしそうに肩を震わせる。茫然《ぼうぜん》とその姿を見ている
うち、オママゴトと揶揄されたことに怒りが湧いてきた。
「あの、矢名瀬さ……」
「オバちゃん、だーれ？」
英司の後ろから、突然、織斗がぴょこんと顔を出した。待ちくたびれて家から出てきたらしい。

笑っていたカオリの顔が一瞬で引き攣る。

「す、すみません。こら織斗……失礼だろ」

「あら、いいのよー。初めまして、きみが織斗君ね。彼から聞いたわ、前の奥さん…栞さんだったかしら、忘れ形見なんですってね」

カオリはその場にしゃがみ、視線を合わせた。織斗が少し赤くなりながら、「こんにちは」と挨拶する。

(栞の忘れ形見……か)

事実ではあるが、知章がそんなことまで話していたのかと思うと、いい気分はしなかった。

この家で三人同居を始めたころ、知章はまだカオリとの関係が続いていた。子供の存在も含め、詳しい家庭事情まで話すような間柄《あいだがら》を、果たして「身体だけの関係」と言いきれるのか。

「挨拶できて偉いね、織斗君は。あら…すごい、目許とか、親指までそっくりなんだ。あなた将来、とってもいい男になるわよ」

小さな子供を前に母性を刺激されたか、カオリがはしゃいだ声を上げた。用が済んだのなら帰ってほしかったが、知章の立場を考えると、そうきついことも言えない。

なにより、カオリに褒められた織斗が、嬉しそうな顔をしたのが内心たまらなかった。英司はやきもきしながら織斗を突ついたが、人なつこい織斗はすっかり馴染んだ様子でカオリに話しかけている。

「オバ…おねえさん、英司のおともだち？？」

「違うわ。おねえさんは、あなたのパパと一緒にお仕事してるの」

——パパ。

すかさず織斗が反論する。

「パパじゃないよ！　トモだよ」

「あら、下の名前で呼んでるの？　今度、私もそう呼んでみようかしら」

「！　やめてくださ……」

咄嗟に止めてしまいそうになり、英司は慌てて口を噤《つぐ》んだ。

ただの軽口に、ムキになるなんて大人げない。カオリだって、実際に会社で呼びかけたりはしないだろう。

だがカオリはクスッと笑みを漏らし、立ち上がった。独り言のように言う。

「結婚なんて面倒事でしかないと思ってたけど、この子を見ていたら、なんだか、母親になろうと思えばなれるのかも……なんて思っちゃったわ」

「！」

なにが言いたいのだろう。

カオリの挑発的な視線に、英司は固まる。

深い意味はなく、ただ子供が可愛いと思って出た言葉なのか、それとも。

（……もしかして、矢名瀬さんのほうは、まだ知章への気持ちが続いてる……とか？）

ありえないことではない。

身体だけの関係とはいえ、それなりに長く続いた相手だと聞いている。要領のいい知章のこと、恨まれるような別れかたはしていないだろう。カオリ側に未練があったとしても、なんらおかしいことではないのだ。

「私はこれで失礼します。織斗君、知章パパによろしくね」

カオリは織斗の頭を撫でると、来たときと同じように頭を下げて去っていった。

織斗は「バイバイ」と大きく手を振りながら見送っている。同じ初対面の相手でも、織斗が男性より女性に懐きやすいのはわかっていたが、こんな笑顔を向けるとは思わなかった。人見知りしてほしいというわけではないけれど、カオリとだけは親しくなってほしくない。

（なんで……？　自分の地位を、おびやかされるから、か……？）

自分の狭量《きょうりょう》さが嫌になる。知章を繋ぎ止める自信がないから、排他的になるのだ。

対してカオリは、駅に向かう後ろ姿でさえ、自信に満ち溢れていた。

あの知章が、公私を分けて考えられない女性と関係を持っていたとは考えにくい。だが、カオリの心の中まではわからない。物わかりのいい女のフリをすることくらい、プライドの高い女性なら朝飯前だろう。

「えいじ？　どうしたの？　ぽんぽん痛い？」

頭の中でひとり思い悩んでいた英司は、シャツの裾を引っ張られて我に返った。

「ううん……なんでも、ないよ。お家に入ろう」

笑顔を作り、織斗を促して家に入る。

だが織斗は、英司の心の乱れを敏感に感じ取ったらしい。玄関で靴を脱がせる間も、しきりに機嫌を気にしていた。

「ねー英司ー、さっきからどうしたの。僕、あのオバちゃんと仲良くしたらいけなかった?」

織斗は悪くない。自分に自信がないのがいけないのだ。英司は苦笑し、「そうじゃないよ」と織斗の小さな頭を撫でた。預かった封筒をテーブルに置き、腕時計を見る。

「少し、お昼寝しようか。織斗の手、温かくなってるよ」

「えー、でもー……」

「織斗はいい子だろ。ママにのんのんする部屋に、お布団敷いてあげるから」

織斗は眠くないと言い張ったが、横になるとすぐにスヤスヤと寝息を立て始めた。遊園地ではずいぶんとはしゃいでいたから無理もないだろう。

日が翳《かげ》る前に帰宅したのは正解だった。織斗は風邪をひきやすく、疲れるとすぐ熱を出す。このまま二時間くらい昼寝させることにして、英司は静かにリビングへと戻った。

「……は……」

ドアを閉めた途端に力が抜け、床の上に座り込む。カオリの来襲は災厄としか思えなかった。

最後の言葉にとどめを刺されたかのように心が痺れている。

（落ち着け……）

胸に蟠る疑惑や混乱を昇華しようと目を閉じた。だが、どうしてもさきほどの織斗とカオリのじゃれ合う姿が先に浮かんでくる。

考えても詮《せん》ないことだとわかっていても、考えてしまう。

あそこに知章がいたら完璧な家族だった。男がいて女がいて子供がいる、それが正しい家族の形なのだから当たり前だろう。

知章は、カオリとなら、しようと思えば再婚も簡単にできた。もしかしたら織斗の弟妹《ていまい》だって生まれていたかもしれない。自分が逆立ちしてもできないことを、彼女ならできる。

（僕が……幸せを、奪っている……？）

美人で精力的で男と対等に仕事ができる『女性』。見れば見るほどカオリは知章の好みにぴったりと当て嵌《は》まっていて、言葉が出なくなるほど萎縮してしまった。

織斗の本当の願いを、カオリなら叶えられる。織斗の母親になることも、できる。

それに引き替え、自分は男で、知章も男だ。ふたり並んでいても、まずカップルとは見られない。結婚もできなければ、子供も作れない。

これが現実なのだと、改めて思い知らされた気分だった。

「ただいま」

玄関が開く音がして、英司はぼんやりと顔を上げた。

知章がようやくコンビニから帰ってきたようだ。「おかえり」と出迎えるはずが、いまは立ち上がる気力もなかった。床に座り込んだまま、無表情で知章を見上げる。

「あれ、英司？　どうした、そんなところに座り込んで」

「……どこまで行ってたんだよ」

「近くのコンビニに単二電池がなかったから、ちょっと足を伸ばしてSデンキまで行ってきた」

「へえ」

素っ気なく返したあとで、我ながら可愛げのない態度だと思った。

知章の愛情を、信じていないわけじゃない。偶然と先回りの善意が重なった結果、思いも寄らないもらい事故に見舞われただけだ。知章を責めるのはお門違《かどちが》いというものだろう。

ただ、頭ではわかっていても、やり場のない恨みは湧いてくる。どうして自分にカオリを会わせたのか、なぜこの家にカオリを来させたのか。

「英司、さっきからどうしたんだよ？　具合悪いのか？」

ガサガサと電池を取り出しながら、知章が怪訝《けげん》な顔で傍にやってくる。心配そうな声も、いまは無性に癪《しゃく》に障《さわ》った。

「矢名瀬さんが来た。届け物だって」

つっけんどんに言うと、知章が驚いたように動きを止める。

「え？　あ……もう来たのか」

「玄関先で渡されて、すぐに帰ってったけどな」

立ち上がり、テーブルに置いてあった茶封筒を知章に突き出した。状況を察したらしく、知章は苦い表情でそれを受け取る。

「そうか、手間をかけさせて悪かったな」

知章は椅子に座り、取り出した中身をぱらぱらと確認した。

おかしい。いつもなら気にならないのに、悪びれない態度がいちいち気に障る。

カオリだけではない。いままでだって知章の周辺には、女性などいくらでもいたはずだ。それなのに、あたかも感情の起爆スイッチを押されたかのように、急に不安でたまらなくなった。

いまも彼女が作った書類を見ているだけなのに。なんだかカオリに知章をとられそうな気がして、どうしようもなく心が乱れる。

「綺麗なひとだな」

英司はそっぽを向いたまま、突き放すように言った。知章が書類から視線を上げる。

「なんだ、妬《や》いてるのか？」

「別に！　っていうか、なんでいまどき家に渡しに来るんだよ、メールに添付でいいだろ」

「社外に送るメールに書類の添付はできない。本当はアウトプットの持ち出しもグレーなんだが、急ぎだったんだろう。心配しなくても、彼女とはもうなんでもないって……」

「だから、そんなんじゃないって言ってるだろ」

「じゃあ、なにをそんなに苛立《いらだ》ってるんだ」

わかっている。知章は悪くない。

悪いのは、強すぎる英司の独占欲だ。頭ではそう理解できるのに、感情が暴走する。

「あんたが、……あんたが、悪いんだろ……！」

知章が、男として好ましすぎるのが悪い。

油断したら、だれかに取られてしまいそうで怖い。

こんな心配をする羽目に陥るくらいなら、いまほど完璧にならなくてもよかった。もう少し足が短かくても、不細工でもよかった。ピーマンが食べられなくても、トマトが苦手でも、きっと好きになっただろう。

「——……あんたが僕のものになんかなるから、……っ」

知章が自分に振り向かなければ、カオリに嫉妬することもなかった。なまじ自分のものになってしまったから余計な心配事が増える。失うことが怖くて臆病にもなる。

「なんだって？」

理不尽な八つ当たりに、さすがの知章も腹に据えかねたのだろう。

やや気色《けしき》ばんだ様子で書類を置く。

「——……っ」

これ以上、口を開いてはいけない。知章の前で醜態《しゅうたい》を曝《さら》したくない。

英司はきゅっと唇を結び、無言で立ち上がった。

まるで子供の癇癪《かんしゃく》だ。理不尽に感情をぶつけられる知章は、たまったものではないだろう。

「言いたいことがあるなら、はっきり言え」

部屋を出て行こうとする英司の肩を、知章が咄嗟に摑んだ。

怒りを抑えた宥《なだ》め賺《すか》す口調に、鼻の奥がツンとする。

自分の女々しさが余計に際立つようで情けなさが倍増する。

知章の手を振り解き、英司は叫んだ。

「……っ言えるわけ、ないだろ……！」

親子ならばともかく、夫婦ですら赤の他人という。ましてや同性愛者がパートナーと波風立てずに永く暮らしていくためには、ときに口論を避け、譲り合う姿勢は必要だ。

恋人になる前は、大声で喧嘩もできた。言いたいことも言いたい放題言えたのは、いつ知章が怒って出て行っても構わないと思っていたからだ。

（でも、いまは……）

知章に嫌われたくない。

愛されていたいから、嫉妬も苛立ちも飲み込んで、言えないことが増えていく。

女性を相手にごく普通の恋愛をしてきた知章に、英司の情は重すぎる。

心を繋ぎ止めるためにならば相手の言いなりにすらなってしまう、そんな形でしか愛を示せない悲しさを訴えても、彼のような合理主義者には理解できない。それなら無理に理解を求めてぶつかるより、最初からなにも言わない道を英司は選ぶ。

「英……」

だが、納得済みの選択であっても、やるせなさは残る。

「……ッ」

口にできない感情が胸を迫り上がり、唇が戦慄いた。大きく見開いた英司の目に、みるみる涙が湧き上がる。溢れ落ちる前に、英司は素早く身を翻《ひるがえ》した。あとさき考えずに部屋を飛び出す。

「おい英司！　待てよ！」

「怒鳴るなよ……！　織斗が昼寝から起きちゃうだろ……っ」

早く頭を冷やさなければ、感情にまかせてひどい暴言を吐いてしまいそうだった。嗚咽《おえつ》を堪えて歯を食いしばり、階段を一気に駆け上がる。

「英司っ」

追いつかれる前に乱暴にドアを閉め、ベッドに突っ伏した。

泣き声をシーツに染み込ませる。ひとりになった途端、嗚咽を止めることができなくなった。

（いい年して、なにしてんだろ……馬鹿みたいだ……）

自分の可愛げのなさに嫌気が差す。きっと面倒な性格だと呆れられただろう。

知章の言うとおり、最初から素直に「嫉妬した」と認めてしまえばよかった。そうすれば知章も納得しただろうし、今頃はきっと違う時間を持てたはずだ。

「頭を冷やしたいんだ……頼むから、放っておいてくれ」

ドア越しに聞こえる知章の気遣いに涙声で答える。

いま、ここでドアを開けたら、さっきよりももっとひどいことを言ってしまいそうで動けなかった。

「英司、開けてくれ。頼むから」

英司の自己嫌悪を知ってか知らずか、知章は立ち去らない。押し殺した声で、昼寝中の織斗を起こさないようにか、ノックの音も控え目だ。自分が悪いとわかっているだけにますます落ち込み、英司は叫んだ。

「放っとけって言ってるだろ、とんまのばか……っ」

シーツに顔を埋めた瞬間、ドアが開いた。

「とんまのばかって日本語はおかしいだろう」

ベッドに突っ伏したまま、ドアが閉まる音を聞く。なにかごそごそする音が聞こえたが、顔を上げられなくて黙っていた。

やがてスリッパの足音が近づいてきて、枕元で止まった。溜息とともに、ベッドが軋《きし》む。知章が傍《かたわ》らに腰を下ろしたのがわかった。

「おまえ、いまごろ思春期か？　鍵も掛からない部屋で、入ってくるなって」

「……出てけ、よ」

「泣いてるってわかってて、放っておけるわけないだろう」

「………」

知章はまた溜息をつき、突っ伏したままの英司の頭をぽんと撫でる。優しい感触と沈黙が英司を包む。高ぶっていた気持ちが、徐々に鎮《しず》まっていくのがわかった。

顔を見せないまま、涙声でぼそっと問う。

「怒って、ないのかよ」

「怒ってないよ。それは英司のほうだろう？　俺が悪いなら謝るから」

喧嘩別れしないでこうして追ってきたのも、納得いくまで話し合う気があるからだ。いまも、こうして英司が泣き止むのを辛抱強く待っている。

（本当に……変わったよな……）

以前の知章なら、きっと追いかけてこなかった。三十代半ばともなれば人格は完成し、思考も凝《こ》り固まっている。自己否定せずに自分を変えることが、どれほど難しいか。

変わろうとしてくれたのは、英司を愛したから。英司と織斗とずっと一緒にいるためだ。

「違う……僕が、悪い」

鼻を啜り、英司は起き上がった。手の甲で涙を拭い、ベッドの上に正座する。波風立てず他人と暮らしていくためには、意見の譲り合いや、多少の我慢も必要だろう。しかし、諍《いさか》いを回避することばかりが最善なのではない。

ひとの情というものは、些細な失言をきっかけに、簡単に失われてしまう。喉から手が出るほど欲しがって、ようやく手に入れた家族という拠《よ》り所をこんな喧嘩ひとつで失ったら、後悔してもしきれない。

「ごめん。八つ当たり、した……」

「いいよ、だれだって虫の居所が悪いときくらいあるさ」

ベッドに片手をつき、知章はほっとしたように英司の首を引き寄せた。額をくっつけ、鼻先にキスをする。

どう考えてもいまのは英司の一方的な八つ当たりでしかなかったのに、知章は優しい。自分の大人げない言動がさらに恥ずかしくなり、英司は目許を赤くした。

「や…矢名瀬さんが綺麗だったから、ちょっと、心配になった。ちょっとだけ」

「本当に?」

英司がヤキモチを妬いたと知ったからか、知章は嬉しそうな顔に変わった。赤く腫《は》れた目許をいたわるように唇を押しつけられる。温かな感触にジンとした。

「本当……ごめん……」

「いいよ、もう」

仲直りのキスにほっとして、また涙が出そうになった。男のくせにと自分でも思うけれど、涙腺が緩いのはどうやっても治らない。

(よかった……)

心の底から思う。知章を、好きになってよかった。

栞が亡くなり、残された織斗も実父である知章の実家に引き取られていたら、いまごろ自分はひとりぼっちだっただろう。だれよりも家族という繋がりを欲しながら、実際はもっとも縁遠いところにいた。そんな英司に、知章は新しい家族をくれた。

織斗を奪いに来たはずの知章が、考えを改めてくれた。普通とは違うかもしれないけれど、家族になろうと言ってくれた日のことを、おそらく一生忘れることはないだろう。

「出ていけなんて嘘だから……ずっと一緒にいたいって思ってる、から」

知章の肩口に額を擦りつける。

「俺もだよ」

変わるべきなのは自分も同じだと痛感した。

織斗はこれから成長し、どんどん大人になっていく。いつかは独立する日も来るだろう。だが、知章とは死ぬまでともにありたい。

「ずっと一緒にいるために、僕に、なにができる……?」

「織斗と、笑顔でいてくれればいい」

「そんなんじゃなくて、具体的にできること……」

「じゃあ、キスして」

冗談でなく真面目に話しているのにと、英司は顔を上げた。

意外にも、知章は笑っていなかった。それどころか、怖いくらい真剣な表情をしている。急にドギマギして、顔が熱くなった。

「目……くらい、閉じろよ」

口端をわずかに上げ、知章が目蓋を閉じた。

のぼせ上がったいまの顔を見られたくなかった。ただでさえ照れくさいのに、目が合ったら、とんでもなく恥ずかしいことになりそうだ。

(あ……睫毛、長い)

普段は特に意識したことはないけれども、こうして改めて見ると本当に整った容貌なのだと気づかされる。今日のヒーローショーでも、喜ぶ織斗に目を細めつつ、知章に秋波《しゅうは》を送る近くの若い女性たちを気にしていた。このままでは英司の重さに耐えかねて、いつか知章が離れていくことにもなりかねない。

「おい、まだか?」

「い、いまからするとこ!」

知章が目を開けそうになり、慌てて唇を強く押しつけた。いつもされるように、舌先で唇をな

ぞる。

嫉妬するのは、自信がないからだ。

女性に不自由したことのないこの男が、なぜ男である英司を選んだのか。セクシュアリティすら異なる相手を、この先ずっと繋ぎ止められるだろうか。

幸せな日常のふとした瞬間に、不安でたまらなくなるときがある。なんでもない女性の存在すら気に病むくらい、知章のことを好きになりすぎてつらいのだ。せめて鬱陶《うっとう》しい男だと嫌われないために、悩みはひたすら腹の中に溜め込んで、強がるしかない。

だがその一方で、いまの幸福を壊したくない、過去の恋愛の失敗を繰り返したくないと思うほど、相手の言いなりになっていってしまう。そんな自分をどうしたらコントロールできるのか、わからない。

「ん……、っふ……」

後頭部に回った知章の手が髪を撫でる。あたかも「俺以外のことを考えるな」と注意されたようで、英司はキスに集中した。柔らかな唇を甘嚙みし、とろりと蕩けた粘膜を吸う。意識したことのない部分が知章と触れ合うことによって淫らな意味を持つ器官へと変貌する。

「知章……」

湿った吐息を漏らしながら、唇を離した。息を荒げ、蕩けきった目で知章を見つめる。

唾液に濡れた唇が、ひどく卑猥に感じられた。キスだけで早くも欲望が頭を擡《もた》げ、理性があやうくなっている。

知らず知らずのうちに、その先を期待してしまっていたらしい。知章が苦笑じみた溜息を漏らした。

「昼間から誘うなよ。……織斗は？　昼寝してるんだろう」

「あ…うん。仏間でだけど」

「は？　仏間？」

知章はてっきり隣室の子供部屋だと思っていたらしい。

拍子抜けした知章の肩を強く押し、仰向けに倒れ込んだ身体に馬乗りになる。もう我慢できない。

「昨夜は興奮して、あまり眠れてなかったみたいだから。あと一時間半は起こさないつもり……だから……」

かろうじて残る恥じらいが邪魔をして、抱いてほしい、と言えない。昼間から誘うなと言われた手前、知章はしたくないのかもしれない。英司は口籠もり、目を泳がせた。

だが、いくら隠そうとしても、男の身体は欲情を正直に顕《あらわ》してしまう。ほんのりと赤く染まる項《うなじ》を撫で、知章が目を細めた。

「……いまは、英司のほうが昂奮してるな」

腰をもじつかせる英司とは裏腹に、見上げる知章は冷静だ。その温度差がひどく被虐《ひぎゃく》的で、英司はゾクゾクと背筋が震えるのを感じた。身体の熱が急上昇する。

身体の熱を知章に押しつけるようにして、助けを求める。止まらない。こんなになってしまった身体の疼きを早くどうにかしたい。できるのは知章だけだ。

だが知章は微笑むばかりで、頬に柔らかく指で触れてくる。発情している身体には冷たくて気持ちいい。けれどそれと同じくらい、まどろっこしい。

英司はつらさを訴えるように指の付け根を甘噛みした。精一杯の誘う仕草に、知章が企《たくら》むような笑みで答える。

「じゃ……子供が寝てる間に、パパとイケナイコトするか？」

「っ……する……っ」

いちいち呼称が癇《かん》に障るが、据え膳を前に文句を言う余裕はない。

頬を撫でていた手が後頭部に回る。引き寄せられるままに、知章の上に覆い被さった。唇を舐め、舌を吸い合う。シャツが皺《しわ》になるのも構わずに、そのままシーツへともつれ込んだ。

赤くなった英司の耳に口接け、知章が思い出したように囁く。

「そういえば、生物学的にも、喧嘩後の仲直りエッチが一番、燃えるんだってな」

英司も聞いたことがある。たしか怒ったときに出るノルアドレナリンがセックスの快楽を増幅させるとかなんとか。女性週刊誌の特集にでも載っていそうな眉唾《まゆつば》ものの学説を、知章もまさか本気にしているわけはないだろう。

「嘘くさい」

「そうか？　感情を爆発させたあとの英司は、いつもエッチで可愛いけどな」

ヒステリックだったのは自覚しているし、反省もしている。だが、そのあとのことまでからかいのネタにされると、恥ずかしくてつい反撥したくなる。

顔を赤らめ、英司は上体を起こした。急《せ》いた仕草で知章のズボンのベルトに手を掛ける。ファスナーを引き下ろし、前を開くと案の定、歪《いびつ》に膨らんだ下着が現れた。力強く脈打つペニスを取り出し、上目遣いで知章を軽く睨む。

「自分だって、勃ってるくせに」

「そりゃな……俺だって男だし」

欲情の印を手にしているだけで、口の中に唾液が溢れ返る。するすると太い幹を擦りながら、英司はゴクリと喉を鳴らした。

「今日は……特別に、サービスしてやる」

「あ？　おい、英……」

エッチで可愛いかどうかはさておき、知章に迷惑をかけたという反省が英司を素直にさせるのかもしれない。英司は前髪を耳に掛けながら、知章の股間に顔を伏せた。卑猥に形を変えたペニスに口接け、口の中に迎え入れる。

「ン……ッ」

口いっぱいに頬張った途端、ペニスがびくんと脈打った。血管が浮き出た幹に舌を這わせ、さらに張り詰めていくのを舌で感じる。じゅぷじゅぷと音を立てながら顔を上下させると、知章が気持ちよさそうな溜息をついた。

知章の味、匂い、感触。それらすべてが愛おしくてたまらない。喉を使って太い知章のモノを扱き上げながら、空いた手で重みのある睾丸を柔らかく転がした。知章が感じているのがわかると、それ以上に自分も気持ちよくなれる。英司は髪を乱し、夢中で舐めしゃぶった。

「おいしそうな顔」

「……っふ、んっ、ん……っ」

ぬるっとした先走りの味が徐々に濃くなってくる。同様に、自分の欲望も痛いくらいに張り詰めてきて、英司は苦しげに息をついた。下半身を居心地悪そうに蠢《うごめ》かし、どうにか火照りを逃そうとする。だが一旦、火がついた身体はもう止められなかった。

(このままだと……やばいな……)

しゃぶりついていたモノを口から出し、英司は手の甲で唇を拭った。知章が見ている前でベルトを緩め、窮屈になったズボンの前を寛げる。もう下着の前が少し濡れていた。

「若いな。舐めてるだけでパンパンじゃないか」

「つる……さい……っ」

貪欲ではしたないと思われても構わない。知章と繋がりたい。

下着と一緒くたにズボンを掴み、腿の途中まで下げる。だがそこで英司ははたと動きを止めた。

――もし、織斗が目を覚まし、ふたりを探しにきたら。

五歳児相手に「全裸でプロレスごっこ」はさすがに言い訳にならない。せめて鍵の掛かる知章の部屋で行為に及ぶべきだったか。

半端に脱いだ格好のまま、視線を巡らせる。だがドアを見た瞬間、英司は小さく嘆息した。

「バリケードのつもりかよ」

ドアを押さえるように、ゴミ箱と椅子が置かれていた。知章は部屋に来た時点で、いまの状況を想定していたということか。

悔しそうな英司を前に、知章がしてやったりな笑みを浮かべる。

「身体で宥められるなんて思ってたわけじゃないけどな。相方の寝室に入るときはナニがあってもいいようにしておくのが、男の礼儀ってもんだろう」

「雰囲気を壊さないようにしてくれてありがとな。恥ずかしくて涙が出るよ」

「で、脱ぐのか脱がないのか、どっちなんだ？　それとも、着衣エロもサービスのうちなのか？」

頬にかっと朱《しゅ》が散る。

バリケードがどこまで通用するか知らないが、もしものときの時間稼ぎにはなるだろう。英司は思い切りよく下だけ脱いで知章に跨《また》がった。ねっとりとしたスローセックスだろうが、スリルを感じながらのクイッキーだろうが、惚れた相手なら愉しめる。

「昼はどうあれ、ベッドでは娼婦ってのがいいんだろ、旦那サマ」

知章自身の根元を支え、英司は腰を上げた。もう一方の手で自らの後ろを開き、そそり立ったモノの上にゆっくりと腰を落としていく。

「……っ」

後孔に濡れた熱が触れ、英司は背筋を震わせた。重力と先走りの滑りだけを頼りに、狭い窪みを押し広げる。プチュ、という卑猥な音を立てて先端を飲み込んだ。

「ぁん……っ」

甘い痺れが背骨を伝ってぞくぞくっと這い上がる。先端を含んだだけなのに、達してしまいそうになった。何度も大きく息をつき、知章の視線を感じながら、英司は硬くて長いモノを体内に収めていく。

「……は、……あ、ぁ……あ……ッ！」

苦痛や圧迫感を感じないわけではない。だがそれを上回る充足感が、痛みを快感へと昇華してくれる。知章に抱かれるとき、英司の中は形容しがたい柔《やわ》く優しいもので満たされる。

すべてを収めきるまでの間、知章はじっと堪えながら、下から英司を眺めていた。きゅっと上がった口端が余裕の笑みを表しているようで、英司は胸に手をつき、荒く息をつく。

「なに、笑ってる……」

「いや……。普段はツンツンしてるおまえが、騎乗位で腰振ってくれるなんて、たまには八つ当たりされるのも悪くない、なんてな」

「……っば、っか……あぅ、っ」

根元まで飲み込み、英司は弓なりに背中を反らせた。濡れた息を散らし、身体が感覚に慣れるのを待つ。

普段ツンツンしているように見えるのは、意識して自分を抑えているからだ。織斗の目もあるのに、知章とベタベタするわけにはいかない。子供の親として、大人の男として、一社会人として、毅然《きぜん》としていなければという思いもある。

ベッドでふたりきりのときくらい、本性をさらけ出して楽になりたい。男だからとか、親だからとか、そんな縛りは置いておいて、恋人に甘えたい。

「大丈夫か、英司……?」

締めつけられてきついのか、知章が眉間に皺を寄せていた。ときどきピクリと下腹部が震え、中にいる知章自身を強く意識させられる。

(……あ……)

接合部が熱い。

まるで心臓を預けられたみたいな一体感があった。中に収めた知章自身が、ドクドクと脈打っているのが粘膜を通じて伝わってくる。次第に奥のほうがじんじんと疼き始め、英司は濡れた息を吐いた。

知章を腹一杯に咥《くわ》え込んだまま、いやらしく腰を揺らめかせる。悦い場所に当たると内襞《うちひだ》が不規則に収斂《しゅうれん》し、中にいる知章を締めつける。英司の勃ちきった性器からも蜜が滴り、知章の下腹にぽたぽたと雫《しずく》を落としていた。

「平気……だから……、あんたは、寝てろ、……っ」

固く引き締まった腹部に手をつき、ゆっくりと腰を浮かせる。知章のモノがずるずると抜き取られていき、全身が総毛立った。亀頭のくびれに粘膜を捲り上げられ、抜け落ちる寸前で腰を落とす。飛び散るような水っぽい音を立てて再び飲み込むと、全身が熱くなった。

「う……んン……ッ」

知章の胸に両手をつき、前傾姿勢で腰をくねらせる。もはや快感を追うことしか頭になかった。知章の気持ちよさそうな顔を見下ろしながら腰を振る。みちみちと深いところまで満たされて、身体の内側から蕩かされていきそうだった。無意識に、悦い場所を擦りつけようとしてしまう。

「そんなに俺の、気持ちい？」

「ん……いい、……ッ」

ぷつりと勃った乳首を摘まれ、英司は息を呑んで動きを乱した。鳥肌が立ち、屹立した性器がひくんと頭を振る。

「ぁっ……さ、さわらない、で……」

「どうして？　ここ、悦いんだろ」

英司は顔を赤くした。

「だから……う…動けなくなっちゃう、だろ……」

知章に触れられる場所すべてが気持ちよくてたまらない。刺激されるとすぐに身体に力が入らなくなって、とろとろに蕩かされてしまう。

少し鼻にかかった声で、知章が感嘆した。

「は……。心配になるくらい、うちのママはエッロいな……」

「ぁんっ……い、気持ち、い……あぁ……っ」

いきなり両手で腰を摑まれた。立て続けに突き上げられる。飛び散るような音を立て、中を搔き混ぜられた。ピンポイントに感じる場所を狙われて、主導権をあっという間に奪われる。

「は……っ！　あ……！　あっ、ぁっ……っ！」

何度も深く飲み込まされ、繫がった場所がヒクヒクと痙攣《けいれん》した。寝ているだけの不作為なセックスは知章の好みではないらしい。震えるほどの快感に、英司の目はあやうく焦点を失いかける。

律動のリズム。知章のカタチ。すべて我を忘れるほどに気持ちいい。

自分たちは愛し合っている。それを身体で確認して安堵する。

英司は激しく揺さぶられながら、知章の汗ばむ肌に指を這わせた。

「知章も…い……気持ちいぃ……？」

「っ……ああ、めちゃくちゃ悦い……」

偽る余裕もない知章の表情を見下ろし、満足の体《てい》で唇を舐める。

なにも考えたくない。なにも考えられないくらいセックスに没頭したい。でなければカオリだけでなく栞にまで嫉妬しそうになる。比べてどうなるわけでもないのに、知章が過去に抱いた女の中で、自分の身体は何番目に悦いのかなんて、そんな下世話なことまで考えてしまう。

「悦いとこ、当たってるな……?」

「あっ、ん、っあ、お、奥まで、っ……きて、っ……あ、あ!」

腿の内側に力が入り、無意識に知章の胴を挟み込んでいた。

濃密な快感に搦《から》め捕《と》られ、次第に身動きが取れなくなっていく。激しい動きに快感の火花が散り、脳が白く焼き尽くされる。コップの水が溢れるように、堰《せき》を切った快感がツツッと精管を遡《さかのぼ》ってくるのがわかった。

「あ、っあ……っイク……イク、イ…ゥ……ッ」

急に浮遊感に襲われる。

英司は背を反らし、内腿を痛いほど引き攣らせた。性器が重たげに跳ね、知章の腹部に白い体液を迸らせる。腰を支える知章の手に、ぐっと力が入った。

「……ぅ、……っ」

指先が英司の肌に食い込む。

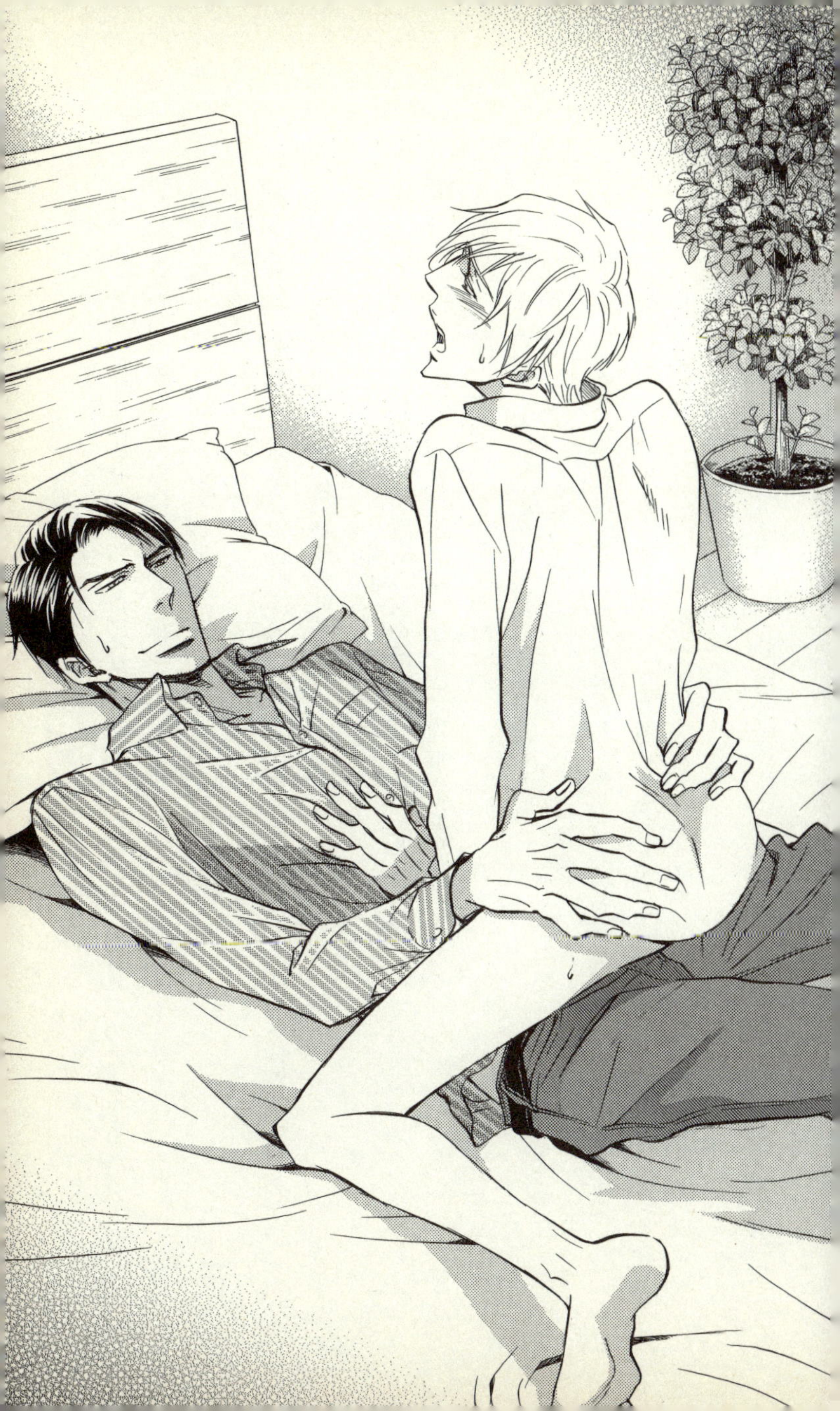

うっすらと額に汗を滲《にじ》ませ、射精の快感に震える男を、英司は陶然《とうぜん》と見つめた。ともあき、と掠れた声で呼ぶ。下腹部の奥に、熱い体液が広がっていく。

（あ……出てる……中に、いっぱい……）

生々しい感覚に震えが走った。

快感の深さに比例するように、射精は呆れるほど長い。ゆっくりと角度を下げながら、英司の性器もビクッビクッといまだに白濁を吐き続けている。

「――っは……」

知章が詰めていた息を吐き、眉間の皺を解いた。照れくさそうな、それでいて満ち足りた表情に胸の奥が温かくなる。いまの自分も、きっと同じ顔をしているのだろう。

目が合った瞬間、知章はニヤリと笑った。

「今日のママ激しかったな。最後、潰されるかと思った」

「……なわけないだろ、もう……っ」

デリカシーのなさは相変わらずだ。いつだったか、名器と品のない褒めかたをされてぶん殴ったことまで思い出し、うんざりする。男にそんなものがあってたまるか。

「そうカリカリ怒るなって」

「あんたがそうさせてんだろ……っん……」

濡れた唇を触れ合わせ、英司はぐったりと知章の首筋に顔を埋めた。心地よい疲労感と体温が、不安や悩みを忘れさせてくれる。
（……ずっと、僕だけの知章でいて……）
大きく息を吐き、英司は物憂《ものう》げに身体を起こした。

【三】


十二月に入った途端《とたん》、日は駆け足で過ぎ、あっという間に終業式がやってきた。

子供たちが冬休みに入ると図書館の利用者の数も増え、従って子供向け行事も増える。「お話し会」で読み聞かせる紙芝居や絵本だけではない。併設された小さなシアタールームで上映する子供向けの映画など、在籍する司書がひとつひとつ吟味《ぎんみ》しながら企画しているのだ。

「ではみなさん、新しく購入する絵本は、この十タイトルでいいですね?」

事務室のホワイトボードを前に、櫻田《さくらだ》が職員の顔を見回した。会議に出席した英司《えいじ》や他の司書も、満場一致で大きく頷《うなず》く。

「では、日向野《ひがの》くん、悪いけどTRCに発注しておいて」

「わかりました」

TRCとは図書館流通センターのことだ。

ほとんどの場合、図書館に置かれる本は書店で購入せず、寄付か、専門機構であるTRCへ発注される。そのほうが蔵書管理しやすいからだ。それに汚れや傷みを防止するカバーフィルムも、あらかじめかけた状態で送られてくるので手間が省ける。

「今月はクリスマスもありますし、冬休みに合わせて行事も多くなります。風邪をひかないよう、みなさん気を引き締めていきましょう」

会議終了と同時に、定時を示す時計のメロディが事務室に響いた。

若い女性司書ふたりがバタバタと帰り支度を始める。今日の夜はなにか予定があるらしく、先を争うように「失礼します」と駆け足で退出していった。

「日向野くんも、帰っていいわよ。発注は明日中で間に合うし」

ホワイトボードを綺麗《きれい》にしていた櫻田が振り返る。

「ありがとうございます。でも、明日は午前休をいただいてますし、まだブックトラックに積んだままの本もあるので、棚に戻してから帰ります」

「それくらい、私がやっておくわ。お子さんがあなたのお迎え、待ってるんでしょ？」

保育園に織斗《おりと》を迎えにいかなくてはいけない事情を、櫻田は知っている。聖《セント》ガブリエル保育園の冬休みは来週からだが、幸い、年末ギリギリまで休日保育を申し込むことができた。そのことは伝えてあったが、櫻田自身も子供を預けて働く身のため、なにかと気遣ってくれる。

「すみません」

「祝祭日出勤は交代制だけど、年末は忙しいから……こちらこそ、代休を半日刻みでしか取らせてあげられなくて、ごめんなさいね」

「とんでもない。……けど、館長こそ、早く帰らなくていいんですか」

控え目に尋《たず》ねると、櫻田は顔を赤らめて頷いた。

「ええ。今日は、主人が休暇を取ってくれたの。子供も見てもらってるし、夕食も作って待ってるって言われたから、大丈夫よ」

幸せそうに微笑む櫻田は、あれから無事に夫と仲直りできたらしい。お陰《かげ》で楽しい週末を迎えられたと、後日恥ずかしそうに礼を言われた。

たぶん、その恩返しのつもりなのだろう。櫻田の好意を、英司はありがたく受けることにした。

「では、お先に失礼します」

「お疲れ様」

コートを羽織り、足早に職場を出る。

このところ陽が落ちるのがずいぶんと早くなった。空には、うっすら星が瞬き始めている。

(織斗、待ってるだろうな)

マフラーに顎を埋め、保育園へと向かう。いつものように保育士に挨拶《あいさつ》し、明るい電気のついている教室に顔を出すと、いち早く英司を見つけた織斗が駆け寄ってきた。

「えいじー！」

「待たせてごめんな。先生とお友達にさよならしておいで」

「うん！」

「せんせー、さよーならーぁ！」

保育士に挨拶して、一緒に保育園を出る。今日はこれからスーパーに寄って、夕食の買い出しをするつもりだった。

「織斗、帰る前にスーパー寄るからな。はぐれるなよ」

「がってんしょうち！」

織斗が小さな手で敬礼した。フレンズマンに出てくるキャラクターの真似らしい。ポーズを取る真面目な顔が愛らしくて、思わず笑ってしまう。ちょうど信号が青になり、織斗は横断歩道の白いところを選んでぴょんぴょんと渡り始めた。〝白いところ以外を踏むと死ぬ〟などという大《おお》仰《ぎょう》なルールを自らに課して遊ぶのは古今東西を問わず、男児の習性のようだ。

タイムセールと重なったせいか、スーパーはいつもより混雑していた。籠《かご》を乗せたカートを押し、食品を見て回る。

知章《ともあき》が夕食を自宅で摂《と》らなくなってから、献立は織斗に合わせていた。肉にしても、英司はどちらかというと鶏ささみや胸肉のような淡泊なメニューが好きだから、織斗に合わせることも苦痛ではない。だが身体も大きく働き盛りの知章は、やはりボリュームのあるメニューを好む。

「豚にするか、牛にするか……揚げものばかりだと太るから、生姜《しょうが》焼きにしとくか」

生鮮食料品のコーナーで、豚肉のパックを籠に入れる。

最近、忙しさにかまけて思うようにジム通いができないからか、知章は体重を気にしているようだ。初期のころ野菜嫌いだとメタボのハゲオヤジになるぞと脅したのが意外に効いているらしい。

「英司、トモのこと本当に好きなんだね！」

「うん……え…えっ？」

焦《あせ》って顔を上げると、織斗がニコニコしていた。

「お弁当のおかず、トモの好きなものばかりだもんね」

英司はうっすら赤くなった。

盛りつけこそ工夫するものの、織斗は保育園で出される給食に、できるだけ近い内容の弁当を持たせる。同じクラスの子供たちから浮かないようにという配慮からだ。

しかし、知章は関係ない。普段の食事は野菜中心で、弁当も栄養バランスを第一に考えて詰めている。だが、メインだけは好きなものを入れてやるようにしていた。以前は子供舌だった知章だが、いまでは豚の生姜焼きにぶりの照り焼き、そぼろご飯に根菜の煮物など、出汁のきいたおふくろの味系を好む。英司の食育のたまものだろう。

「英司のとこにも、きっとサンタさん来てくれるね！　だって毎日すっごく頑張ってるもん」

「そ、そうかな」

子供の無邪気さに救われて、なんとか体面を保つ。と、そのときだった。

「ワガママ言わないのっ！」

母親らしい女性の苛立《いらだ》った声とともに、子供の大きな泣き声が聞こえた。思わず振り返ると、菓子の棚の前で幼児がジタバタしている。ちょうど織斗と同じくらいの年齢だろうか。

「買ってぇええ！　これ欲じいいいいい！」

スナック菓子が欲しいと駄々《だだ》をこねているようだ。しまいには床に寝っ転がって泣き喚《わめ》く子供に、母親も負けじと声を張り上げた。

「昨日もチョコ買ったでしょ！　言うこと聞かない子はもう知りません!!」

「うぶぁぁぁああああん!!」

泣き叫ぶ子供を置き去りにし、母親はカートを引っ張って立ち去ってしまった。母親に置いていかれ、子供はますます大声を張り上げながらごろごろと床に転がる。その脇を、他の買い物客たちが苦笑しながら通り過ぎていく。言ってはなんだが、よくある光景だ。

ほどなく母親が呆《あき》れ顔で戻ってきて、子供が泣き止む。

今日だけよ、パパには内緒ね――ハンカチで優しく顔を拭われ、お菓子を手にこっくりと頷《うなず》く子供はもう満面の笑みを浮かべている。

ふたりが手を繋いで立ち去るまで、織斗はじっと見つめていた。その横顔がどこか羨《うらや》ましそうにも見えて、心が痛んだ。

「織斗、行こうか」

「……うん」

織斗の手を握り、その場を離れた。

早足で歩き出した織斗が、いつもより強い力で英司の手を握ってくる。英司にできるのは、その手をしっかりと握り返すことくらいだ。

（ホント……女性には敵《かな》わない……）

栞《しおり》の葬儀から、まだ一年も経《た》っていない。

保育園の送り迎えや、保護者の参加行事。日常のふとした瞬間に、母親を思い出すことも多いだろう。幼い織斗が母親の不在を受け止めるには、まだ時間がかかる。

この年齢の子供にとって、母親の存在価値がいかに大きいか、それは裁判所ですら認めていることだ。努力だけではどうにもならない、男ゆえの無力さを思い知らされる。

「あのね、僕ちゃんと我慢できるよ」

「偉いな、織斗は」

市販の菓子のことを言っているのだとわかっている。だがつい、我慢させているのは母親不在の寂しさのほうではないかと勘ぐってしまう。

「僕、英司の作ってくれるおやつ好き。きっと、売ってるおかしよりおいしいよ」

「織斗……」

言葉に詰まる英司を振り仰ぎ、織斗は笑顔を見せた。

「この前おやつに作ってくれた特製蒸しパン、すっごくおいしかった！」

米粉を使った蒸しパン類は、英司にも簡単に作れる手軽なおやつだ。

オマケのオモチャが入ったスナック菓子を我慢して、英司の作るおやつが一番おいしいと言ってくれる。そんな織斗がいじらしくて胸がいっぱいになる。

（……よし、決めた）

代わりに今夜は、織斗の好きな八宝菜と、中華風の肉団子にしよう。特にカリッと揚げて、熱々のとろっとした甘酢あんをかけた肉団子は織斗の好物のひとつだ。繋ぎに豆腐を使えば中がふわふわになり、冷めてもおいしい。

「今夜は中華にしようかな。甘酸あんがかかった肉団子と、それから八宝菜も。好きだろう？」

「ペナペナきのこ、たくさん入れてくれる？」

キクラゲのことだ。まだ舌が回らず、キクラゲと発音できなかったころに呼びつけた名がいつしか定着してしまった。

「がってんしょうち」

「やったぁ！」

肉団子は多目に作って冷凍して、知章の明日の弁当にも入れてやろう。

すっかり機嫌をよくした織斗を連れ、英司は生鮮食料品コーナーに戻った。ついでに挽肉《ひきにく》や豆腐など、必要な食材を籠に入れ、会計を済ませて外に出たときだった。

ポケットの中で携帯電話が鳴り、英司は立ち止まった。液晶を見ると、知章の名前が点滅している。こんな時間に帰宅コールだろうか。

「もしもし？」

『英司、いまどこにいる？　織斗は一緒か？』

英司の弾んだ声とは裏腹に、知章はひどく慌てた様子だった。歩きながら話しているらしく、息遣いや風の流れがじかに伝わってくる。

「うん、近所のスーパー……いまから帰るとこだけど」

『俺もいまから帰る。お袋が家まで来るって言い張ってて』

「は？　家って、うち？」

『あとで説明する。いいか、来ても絶対に家に入れるなよ』

「ちょっ、待て!!　どういうことだ！」

わけがわからないまま、携帯はブチリと切れた。英司は胸騒ぎを覚え、繋いだ織斗の手を引き寄せる。鼓動がやたらと速まっていた。

「どうしたの？　トモからでしょ？　今日ごはん一緒に食べれる？」

「いや、そういうことじゃない」

繋いだ手に汗が滲《にじ》み、英司のただならぬ様子に気づいた織斗が不安そうな顔をする。

(どうしよう)

知章の母親が乗り込んでくる理由は、なんとなく想像がついた。

養子縁組するにあたり、知章が親の説得に何度か実家に連絡を取っていたのは知っていた。きっとその件で揉めたのだろう。知章は気を使って英司の耳に入れないようにしているが、英司とて、自分たちがしようとしている手続きに、知章の両親がすんなり賛成するとは思っていない。

「早く、帰ろう」

どうしようなどと動揺している場合じゃない。事態は逼迫《ひっぱく》している。

英司は織斗の手を引っ張り、足早に自宅に戻った。夕食を作って食べさせ、織斗の入浴まで済ませたところにチャイムが鳴った。洗面所で織斗の髪を乾かしていた英司の表情が強張《こわば》る。

インターホンのモニターを覗《のぞ》くと、見るからに上流階級の奥様という雰囲気の年配女性が映っていた。ショートボブの白髪に、洒落《しゃれ》たキャメルカラーのコートを纏《まと》っている。足許に置かれたボストンバッグが気になるが、おそらく知章の母親に間違いないだろう。知章が帰るより先に、着いてしまったらしい。

応答すると、矍鑠《かくしゃく》とした声が返ってきた。

「夜分にすみません。槍水翠子《やりみずみどりこ》と申します」

「……！」

家に入れるなとは言われたものの、相手は知章の母親だ。インターホン越しの対応では礼を失する。「いま、参ります」と答える声がかすかに震えた。

「お客さん……？」

くっついてきた織斗も、こんな時間にと不思議そうにしている。英司は覚悟を決め、床に膝をついた。パジャマ姿の織斗に視線を合わせる。

「お客さんだから、お部屋でいい子にしてて。あとで好きな絵本を読んであげる」

「ほんと？　やった、待ってる！」

織斗が自分の部屋に上がっていくのを確認し、英司は捲っていたシャツの袖を戻した。はね上げていたネクタイを締め直し、玄関から外へ出る。

（このひとが……知章の、母親……）

外灯の灯《あか》りの下には、背筋を伸ばした老婦人が立っていた。やや小柄で、知章とはあまり似ていないようだが、目許にはたしかにそれらしい面影を感じさせる。加齢によってふくよかな体型にはなっているものの、若いころはさぞかし美人だっただろう。

「あなたが日向野英司さんね？　栞さんと再婚されたとか」

いかにも気が強そうな口調に押され、英司は一瞬たじろいだ。ええ、と頷く。

「初めてお目にかかります。ご挨拶が遅くなって申し訳ありません」

「ご挨拶だなんて」

ホホ、と翠子は口許を覆う。

「さっそくですけど、あの子…知章がおかしなことを言い出して、ご迷惑をおかけしているんじゃありません？」

「迷惑だなんて思っていません」

「織斗ちゃんっていったかしら、うちの元嫁が亡くなったあとも育ててくださってたそうね。私どもにとっては可愛い孫ですもの、もう養育はこちらに任せていただいて、あなたも早く第二の人生を歩まれたら」

「お断りします」

「なんですって？」

似たようなやりとりを、かつて知章と交わしたことを思い出した。この親にしてこの子ありとはよくいったもので、初めて家を訪ねてきたときの知章と思考回路がそっくりだ。呆れる前に、親子なのだなぁと感心してしまう。

「織斗を手放す気はない、と言ったんですよ」

他人の話を聞かないタイプには、短い言葉でズバリと突き刺すのがいい。単刀直入に言うと、はたして翠子は顔を真っ赤にした。

「あ…っあなた、肉親でもないくせに手放さないってどういうこと？　知章におかしなことを吹き込むのはやめてちょうだい！　一刻も早く、あの子には正気に戻ってもらわないと……とにかく、いますぐ孫に会わせて。連れて帰りますから」

「ですから」

「英司ー、まだー？」

しまった、と英司は振り返った。織斗に「出てくるな」と言い聞かせておくのを忘れていた。

二階になかなか上がってこない英司に痺れを切らしたらしい。止める間もなく、玄関のドアからひょこりと顔を出した織斗が、薄着のまま外に駆け出してくる。

「織……っ」

「あらまあ、この子が孫の織斗ちゃんね？」

門を押し開けた織斗を、翠子が目にも止まらぬ早さで捕まえる。咄嗟《とっさ》のことで反応できなかった英司を尻目に、翠子は腰を屈めた。

「初めまして、あなたのお祖母《ばぁ》ちゃんよ。ばぁばって呼んで？」

「おば……ばぁばあ……？」

「ばばぁじゃないの、ばぁばよ。これからはパパとおばあちゃんと一緒に暮らすの。じいじも喜ぶわ」

途端に織斗が怯えた顔で首を振る。

「じいじなんてしらない。僕のお家はここだもん。トモだって、英司と一緒にいるって言ったし。僕どこにもいかないもん」

「我が儘言わないの」

翠子が織斗の手を引っ張った。このまま連れ去られそうな勢いに、英司は慌てて織斗のもう一方の腕を掴む。「やだ!!」と半泣きで助けを求める織斗の叫びに、英司と翠子の声が重なった。

「離してください！　織斗は渡しません！」

「そっちこそ離しなさいよっ、警察を呼ぶわよっ」

「こっちの台詞《せりふ》です！」

突如、ヘッドライトの強い光が顔に当たった。怯《ひる》んだ隙に一台のタクシーがタイヤを軋《きし》ませながら滑り込んできて、門の前に急停止する。ドアが開くと同時に、知章が飛び出してきた。

「知章！」

「帰ってくれ！」

間一髪で翠子から織斗を引き離し、知章は猛然《もうぜん》と言い放つ。英司は急いで織斗を抱き上げ、後ろを向いた。知章の到着があと少しでも遅れていたら、どうなっていたかわからなかった。織斗もほっとした様子で腕を回し、抱きついてくる。

「どうしてそっちを庇《かば》うの？　絶対に帰らないわよ！」

すぐ後ろで、翠子がヒステリックに叫ぶのが聞こえた。

「帰らない、じゃない。親父になに言われたか知らないが、こんな時間に非常識だろう」

「非常識はどっちよ！　あなたがちゃんとしないから、私まであの人に怒られるんでしょ。栞さんも栞さんよ、離婚してから黙って子供を産むなんて」

「故人を悪く言うな。そうやって栞を追い込んだ結果どうなったか、頼むから学習してくれ」

閑静な住宅街に、喧喧諤諤《けんけんごうごう》と親子の声が響き渡る。どうやら翠子は、いまから織斗を引き取りに行く、養子縁組なんてとんでもない、諦めないなら家に居座ってでも説得する――知章にそんな連絡を入れたようだ。なぜいきなりそんな話になったのかはわからないが、一歩も先へ通そうとしない知章に、翠子はやれやれと溜息をついた。

「ねぇ知章、あなたひとりで子供を育てられないから、養子縁組だのなんだのって変なこと言い出したんでしょう? ね? だったら、孫だけでも寄越《よこ》しなさい。私が育ててあげるから」

「俺の話をどう歪《ゆが》めて聞いたらそうなるんだ」

知章が眉間を押さえる。

籍を入れるのは、できればご両親の理解を得てからにしてほしい——英司がそんなふうに希望したのが裏目に出たようだ。

「近所の目もあるし、とにかく今日は帰ってくれ」

「嫌って言ってるでしょ」

「じゃあ駅前にホテル取ってやるよ、タクシーもいることだし、ちょうどいいだろう」

「無理に帰らせたら、私たち離婚するわよ」

織斗を抱いたまま、英司ははらはらと睨《にら》み合う二人を見比べる。知章には、翠子を「家に入れるな」と言われたが、さすがに近所迷惑だ。

家に上がってもらったほうがまだマシだと、英司は知章のスーツの裾を引っ張った。

「知章、もう遅いし、続きは家で……」

知章が反対するより先に、翠子が足許のボストンバッグをひっ摑んだ。

「ほら、そっちのひとも言ってることだし、お邪魔するわ」

「ちょっ…お袋!!」

門を勝手に押し開き、翠子が家の中に入っていく。スマンと一言謝って、知章が慌ててあとを追いかけていった。

「英司……ばぁばって悪いひと？」

「そうじゃないよ、たぶん……」

このところ、女難《じょなん》の相でも現れているのだろうか。カオリの次は翠子と、一難去ってまた一難だ。玄関の向こうから、またなにかふたりが言い争う声が聞こえてくる。

「あのぅ、もう行っていいですかね」

困った顔で様子を窺《うかが》っていたタクシーの運転手が、窓を開けて声を掛けてくる。親子喧嘩に気を取られ、存在自体を忘れていた。英司は慌てて謝り、すぐに帰ってもらった。走り去るタクシーのテールランプがひどく物悲しい。

「織斗、ごめんな。絵本、読んであげられそうにない」

「ううん、いいよ。ばば…ばぁばとお話しするんでしょ？」

話し合いで解決すればいいが、そうならない場合は力ずくでも織斗を守る。

英司は腹をくくり、織斗を抱いたまま家に入った。

結局、翠子は今夜、泊まっていくことになった。

知章は明日にも実家に送り返すつもりのようだが、翠子が持参したボストンバッグを見ると、長期戦も辞さない覚悟のように見受けられる。母親なりに、息子を正しい道に引き戻すまで、帰らない覚悟なのかもしれない。

翠子が風呂に入っている間に、英司は仏間に客用布団を敷き、知章は二階で織斗を寝かしつけた。いまの生活を続けられなくなるのではないかという不安や戸惑いで、織斗はなかなか寝なかったらしい。リビングに戻ってきた知章は、疲れた顔で謝った。

「ごめんな。迷惑かけて」

「いいよ、これくらい。それより、お袋さんはいいのか」

明日は祭日だというのに、知章は珍しく出勤するらしい。翠子の電話を受け、背に腹は代えられないと山積みの仕事を放り出し、会社を飛び出してきたようだ。知章も母親に振り回されて、目も当てられない。

「文句が多いのは生まれつきだよ。どうせ、俺のことで親父と喧嘩して飛び出してきたんだろう。籍を入れるのには反対しておきながら、孫だけは寄越せなんて……勝手な親で恥ずかしい」

「親をそんなふうに言うもんじゃない」

たしなめると、知章は驚いた顔をした。

「なんだよ、その顔」

「いや、おまえがお袋の味方するなんて思わなかったから」

「……あんたを産んでくれた女性だろ」

「英司のそういうとこ、好きだよ」

ソファに並んで座り、知章が肩に腕を回してくる。抱き寄せられ、英司は反射的に目蓋《まぶた》を閉じた。唇が柔らかく塞がれる。

知章の体温を感じると、不思議と気持ちが落ち着いていった。嵐の来襲も二度目ともなれば、かえって冷静になる。ただ、織斗を守らなければという思いが強くあったせいで、自分たちについては油断していたのかもしれない。

「きゃぁぁあああ!!」

耳をつんざく悲鳴に、英司はビクッと目を開けた。身体を起こすと、ガウンを纏った翠子がリビングのドアの脇に立っていた。ちょうど風呂から出てきたところらしく、頭にピンクのタオルキャップを巻いている。

「な…っな…っあなたたち、どういうことなの、男同士で、なにしてるの……っ」

「……あっ、の、これはっ……」

まさか見られるとは思わなかった。言い訳のしようもないが、翠子のおぞましげな視線が胸に突き刺さる。

だが知章は慌てることなく、英司を庇うように立ち上がった。

「だから、親父にもお袋にも何度も説明してるだろう。俺たちは愛し合ってる」

「ばっ、知章……！」

親としては、息子が同性とキスしているところを目撃しただけでもショックだろう。これ以上、刺激すれば、なにが起こるかわからない。

だが知章は英司の制止を振り切り、きっぱりと告げた。

「養子という形にはなるが、実質、結婚だ」

「けっ、けっ、結婚ですって!?　あなた、本気……!?」

養子縁組するにあたり、知章はいままでも何度か実家に足を運び、両親の説得に努めている。

だが父親は本気にせず、母親にいたっては、孫がいたという事実だけを受け容れて、あとは自分に都合よくねじ曲げて理解していたらしい。

「嘘でしょう？　嘘って言って、あなた、おかし……」

ムンクの『叫び』のようなポーズのまま、翠子は仰向けに卒倒した。


翌朝、いつもどおりに朝食と弁当を作っているところへ翠子が起きてきた。昨夜は打ち所が悪かったらどうしようと心配したが、顔色は悪くないようだ。

「おはようございます。ご気分は」

顔を合わせるのは気まずくてたまらなかったが、これからのことを考えると避けては通れない。

努めて普通の態度で接すると、翠子は憂鬱《ゆううつ》そうな溜息をついた。

「いいわけないでしょう。悪い夢が続いているみたい」

「ですよね」

昨日に引き続き、機嫌が悪そうだ。翠子は品定めする目でその辺を見回していたが、英司が普段から綺麗に片付けているせいで、これといった粗《あら》が見つからなかったらしい。カウンターの向こう側から英司の手許を覗き込み、さりげなく弁当の中身をチェックされる。

「あら、お弁当？　可愛いけど、内容は地味ねぇ。子供はもっと、卵とかウィンナとか揚げ物系を入れたほうが喜ぶんじゃないの？」

ずかずかと家に上がり込んでおきながら、キッチンにだけは踏み込まないところがおかしかった。翠子曰《いわ》く、台所は女の聖域であり、その家の嫁の砦《とりで》らしい。若いころに夫の実家でなにか言われたのかもしれない。

「これでいいんです。保育園の給食と同じような内容になるように作っているので」

「給食があるのにどうしてお弁当なの？　好き嫌いを許したら我が儘になるわよ」

以前の知章の偏食ぶりを思い出し、微妙な気持ちになった。まさにダブルスタンダードだ。

しかし、不思議と腹は立たなかった。英司が男だからかもしれない。翠子のうるさい口出しも「これが嫁姑《よめしゅうと》というものか」と思えばくすぐったく、新鮮な心地がして、口許が緩む。

「織斗は食物アレルギーがあるので、毎日お弁当を持たせてるんです」

「アレルギーですって？　間違えて食べたら呼吸困難とか起こすんでしょう、たしかアナ…アナフェラなんとやらって」

最近はニュースなどでも話題になるからか、食物アレルギーの知識は多少あったらしい。アナフィラキシーを起こすほどではないと説明したが、引き取る気満々でいた翠子は世話が大変とばかりに眉をひそめた。

「みんなと同じものが食べられないなんて不便ねぇ。毎日、献立を考えるだけでも面倒でしょう」

「織斗のためですし、面倒じゃないですよ。小学校に入ったら減感作《げんかんさ》療法を始めて、三年くらい掛けてみんなと同じものが食べられるようになればいいと思っています」

「あら、そこまで考えてるの？　血も繋がってない子に？」

「夫婦だって、血は繋がっていないですよ。でも縁あって僕と家族になったんです。その縁を大切にしたい」

そこに知章が織斗を連れて二階から降りてきた。織斗を連れ出されることを恐れているのか、しっかりと手を繋いでいる。

「おはよう、英司」

「まぁまぁ、おはよう。ふたりとも親子ねぇー」

翠子はけろりとしたものだったが、織斗は怯えたように知章の後ろに隠れてしまった。逃げるように洗面所に走っていってしまう。知章は咳払いし、翠子をチラと見た。

「お袋、具合は」

「ちょっと布団が固かったけど眠れたわ」

「ならとっとと帰って、自分のベッドで存分に寝てくれ」

昨夜、倒れた翠子を布団に運んだのは知章だった。そのときに感じた母親の軽さに衝撃を受けたらしく、今朝は物言いが少しばかり丸くなっている。

織斗が顔を洗って戻ってくると、四人の奇妙な朝食の時間が始まった。翠子の好みがわからなかったので、今朝は和食にしてみた。味噌汁に青菜飯に焼き魚、浅漬けサラダと焼海苔にお新香《しんこう》、サラダのミニ大根は知章と織斗が庭で育てているもので、葉の部分は刻んで炒め煮にして炊きたてご飯に混ぜ込んでいる。

翠子はすぐには手を付けず、知章の向かいに座ると蕩《とろ》けそうな笑顔で醤油《しょうゆ》さしを差し出した。

「はい、お醤油。それともマヨネーズのほうがいいかしら？　ああ、知章は生のお野菜が苦手なのよね。ほらお皿、貸しなさい」

「いつも言ってるだろう……子供じゃないんだ、自分で取る。それに、野菜も食べられるから」

「えっ……？」

「俺をいくつだと思ってるんだ、年明けたらもう三十五になるんだぞ」

溜息をつき、知章が浅漬けサラダの大根をバリバリと咀嚼《そしゃく》する。その口許を、翠子はまるで不思議なものでも見るようにぽかんと眺める。

「トモ、トマトも人参も嫌いだったけど、いま食べられるよねー」

「英司の作るご飯はおいしいからな」

「ねー」

いくつになっても子供は子供と、息子の世話を焼きたがる母の気持ちはわからなくもない。だが知章はありがた迷惑とでもいわんばかりに終始、鬱陶《うっとう》しそうにしている。実家で過ごすときも、おそらくこんな調子なのだろう。邪険にされた翠子がなんだか寂しそうに見え、英司が横から助け船を出した。

「織斗と知章さんが庭で育てたミニ大根なんですよ。青菜もカルシウムが豊富なので、よかったら召し上がってください」

「あ……そ、そうなの……いただくわ」

翠子は我に返ったように小鉢に箸《はし》をつけた。ここで同居を始めたばかりのころの知章は、たしかに偏食が激しかった。だが、いまはそのほとんどを克服している。食べ始めた翠子に、織斗が恐る恐る「おいし？」と尋ねた。

「あ…そ、そうね、おいしいわ。え、英司さんは料理上手ね」

英司を褒めるのは不本意そうだったが、可愛い孫の言葉を否定するのは気が引けたのだろう。

しかし、その一言で織斗は昨日のことを忘れたように機嫌を直し、いかに英司のことが大好きかということを自慢げにしゃべり始めた。英司は微妙な顔で聞いている翠子がおかしくてたまらなかったが、実際、口に合わないということもなかったらしい。食事が終わってみれば、味噌汁からお新香にいたるまで、翠子は残さず完食していた。

「行ってきます」

これみよがしに英司の額に唇をつけ、知章は織斗を連れて出ていった。いつもはしない出掛けのキスをわざとしていったのは、翠子への牽制《けんせい》の意味もあったのかもしれない。昨日に引き続き、ふたりの仲を見せつけられた翠子は強張った笑顔で無視を貫《つらぬ》いていた。自分に都合の悪いものは見ない、聞かないというスタンスのようだ。

翠子と並んでふたりを見送ったあと、英司は手早く洗い物と掃除を済ませた。

つくづく休日保育制度があってよかったと思う。一晩経って少しは落ち着いたようだが、まだ翠子と織斗をふたりきりにするのは不安だ。かといって英司と翠子が鼻をつき合わせて一日過ごすというのも気詰まりすぎる。

洗濯物を干してリビングに戻ると、翠子がソファに座って庭を眺めているのが見えた。

「よかったら、お茶でもいかがですか」

ソファに座る翠子の背中が小さく見えて、英司はお茶を淹れた。朝から愛しの息子の驚くべき変化を目の当《ま》たりにしたせいか、翠子はすっかり消沈した様子だ。茶菓子と紅茶をテーブルに並べながらふと見ると、翠子の膝の上には織斗のお気に入りのカエルの王子の絵本があった。

「この絵本、あの子も好きだったのよ」

「血は争えませんね」

トレイを片付け、翠子の斜め向かいに座る。刺々《とげとげ》しさはいつのまにかなりを潜《ひそ》め、年相応の穏やかな雰囲気が感じられる。絵本を閉じた翠子は溜息をつき、周囲を見回した。

「ここで、ちゃんと暮らしてるのね」

「ええ、三人で」

レースのカーテンから差し込む、冬の日差しがきらきらと眩《まぶ》しい。

リビングの本棚の上段には料理の本が整然と並び、足許のラックには読み聞かせ用の絵本。カウンターの向こうに見えるキッチンは清潔に保たれ、ぴかぴかの食器棚には白い皿が並んでいる。テーブルの調味料入れは、代官山《だいかんやま》の雑貨店で知章と織斗が選んでくれたものだ。

埃《ほこり》ひとつ落ちていない家の中には、家族三人の生活が息づいている。

「織斗ちゃん、お箸の使いかたが上手ね。知章には苦労したのよ。握り箸がなかなか直らなくて……小学校に上がるまで、矯正箸《きょうせいばし》を使ってたのよ。成績はいつも満点だったけど」

英司にとって織斗がそうであるように、翠子にとって知章は自慢の息子なのだろう。織斗の躾《しつけ》のよさを褒めつつ、翠子は当時を思い出すように目を細めた。

知章は、大企業の役員を務める父親と、良家に育ち専業主婦となった母親との間に生まれている。だが父親はあまり家庭を顧《かえり》みるタイプではなかったらしく、いわゆる『企業戦士の母子家庭』だったようだ。容貌も頭の中身も父親に似た知章は、幼少時から女の子に人気が高く、それは利発で可愛かったと翠子は語る。

「スポーツ万能で、なにをやらせてもうまくこなして、でも私にだけは甘えん坊で、可愛かった」

「いまでも可愛いですよ」

「生意気言うわね」

父親不在の家庭において、母と子の関係が密になるのは自然なことだ。知章が自立し、結婚したあとも、翠子はなにかと息子夫婦に口出ししたらしい。息子離れができないままでいた翠子にとって、栞は自分から息子を取り上げた女性だ。不仲とまではいかなくとも、心のどこかで気にくわなかったのかもしれない。

(このひとは、寂しいのかもしれないな……)

翠子の昔語りに相槌《あいづち》を打ちながら、なんとなく英司はそう感じ始めていた。翠子はたしかに気が強いが、こうして腹を割って話してみると憎めない性格だ。

もしかしたら、彼女はずっと、黙って話を聞いてくれる相手が欲しかったのかもしれない。

ひとり息子が家を出てしまい、広い家に残ったのは仕事人間の夫と自分のみ、狭いコミュニティの中では大した変化も望めない。翠子を取り巻く環境を思うと、苦手意識より、同情めいた感情が先に立つのは、英司自身が親不孝をしてきた自覚があるからか。

「織斗ちゃんを初めて見たときに、孫だってすぐにわかったわ。だって顔が小さいときの知章にそっくりなんですもの。でも、当時の知章よりしっかりしてるかも」

「織斗だって、最初からそうだったわけじゃないですよ」

琛が生きていたころは、年相応に甘えん坊で、夜も母親と枕を並べてでないと眠れなかった。

そんな織斗が、「ひとりで寝られる」と言い出したのは、琛の葬儀から帰宅した夜だった。すぐに英司のベッドに潜《もぐ》り込んでくるだろうと思っていたのに、織斗は意外とぐずることもなく、いまもきちんとひとりで寝ている。

幼い子供でさえ、母親の死を乗り越えて強くなった。亡骸《なきがら》を前にして、泣きやまない英司に寄り添い、「僕が英司を守ってあげる」と言ってくれた。

自分こそ強くならなければと思わせてくれた、涙でいっぱいの瞳と、繋いだ小さな手の温もり。記憶に刻まれたそのふたつが、英司にとっての生きる糧《かて》とも支えともなっている。

「もう、然《しか》るべきお家のお嬢さんなんて言わないから、せめて女のひとと一緒になってもらいたいのよ。男と籍を入れるだなんて……私、あの子の育てかたを間違えたのかしら……」

「どうして、そんな悲しいことを言うんですか？」

翠子が顔を上げた。

いまにも泣き出しそうな目で、斜め向かいに座した英司を見る。

「僕のことはどう言ってもらっても構いません。でも、自分の子供を全否定するような言いかたはしないでください。知章さんは素晴らしい人ですし、優しい……いい父親です」

親から否定された子供が、どれほどつらい思いをするか、英司は身をもって知っている。

親だけは、無条件で子供を愛し、子供のすべてを肯定する存在でいてあげてほしい。愛する知章のことだからこそ、余計にそう思う。

「あ……」

英司に諭《さと》され、翠子は我に返ったようだった。目が覚めたみたいに目蓋を瞬く。

「大丈夫ですよ。知章さんには言いません」

そう言うと、翠子はホッとしたように「ありがとう」と微笑んだ。

「でも、それとこれとは話が別よ。男同士なんて、馬鹿げてるわ。子供もいることだし、あの子にはちゃんとした相手と再婚してもらわないと」

「それは僕が決めることではありません」

「父親がふたりなんて、どう考えたっておかしいでしょう。世間も、あなたたちを認めないわ」

「関係ありません。僕だって彼を…知章を愛してますから」

知章のようにきっぱりとは言えなかったが、翠子はそれを本気と受け止めたようだった。深い溜息をつき、ふたりの間に重い沈黙が満ちる。いかに真剣だろうと、認めるわけにはいかないのだという親なりの気持ちはわからなくもない。

英司は時計を見た。家を出るには少し早いが、ここにいても互いに気詰まりなだけだろう。

「僕はそろそろ出勤しますけど、冷蔵庫にお義母さんのぶんのお弁当も、作ってありますからね」

「わ、私のぶんですって？」

翠子が弾かれたように顔を上げた。まさか、自分のぶんまで作ってあるとは思わなかったのだろう。驚きの表情に、どこか嬉しそうな色がちらと過《よぎ》るのを英司は見逃さなかった。

「息子さんがいない間に帰れって、たたき出すと思ってましたか？」

「……そ……」

「あまり長居されても困りますけど、帰りたくない理由もありそうですし」

目を白黒させている翠子を横目に、英司は席を立った。ダイニングの椅子に置いた上着と鞄《かばん》を手に、仏間に向かう。栞に手を合わせたあとで、翠子がボソリと呟くのが聞こえた。

「だって、しょうがないじゃない……あのひとがひどいこと言うんだもの」

「知章さんのお父さん、ですか？」

一緒に手を合わせた翠子が、「そうよ」と溜息をついて立ち上がる。

「ひとのせいにするのはよくないけど、いままで放ったらかしだったくせに。こういうときくらい、あなたから言ってやってくださいって言ったら、あのひとなんて言ったと思う？」

「さあ……」

「おまえがしっかりしていないから知章がおかしくなったんだろうって」

知章の予想どおり、家出のきっかけは夫の暴言だったらしい。玄関に向かいながら、なるほどと英司は苦笑いした。自分から見ればどっちもどっちだが、不満が蓄積されていた翠子は頭に血が上ったのだろう。

「知章さんが僕と別れて、あなたが孫を連れて帰れば、槍水家としては万々歳《ばんばんざい》だったわけですね」

「それは……そのとおりだけど、でもまさか、あの子が本気であなたと、こんな……その……関係だなんて、思わなかったの。織斗ちゃんを引き取るために画策したか、もしくはあなたが知章を丸め込んだか……」

「すみません、どっちでもなくて」

鞄を手に玄関へ降りると、翠子は手慣れた所作で靴べらを渡してくれた。意外に目端が利《き》く翠子に、少し驚かされる。文句は多いけれども、家では夫に対しそれなりに気を使う妻なのかもしれない。

礼を言って受け取ると、翠子は初めて気づいたように「癖なのよ」と赤くなった。

「今日一日、よく考えてちょうだい。あなたたちはよくても、織斗ちゃんはこれから成長して、多感な時期を迎えるのよ。いまは意固地になってるでしょうけど、知章に将来、好きな女性が出来たらあなたどうするの？　織斗ちゃんには母親が必要よ」

カオリと違い、翠子の言葉は重い。

女の嫉妬《しっと》ではなく、子を思う親の気持ちだと知っているからだ。

黙って使い終わった靴べらを返すと、翠子は硬い表情のまま受け取った。ごく自然に「行ってらっしゃい」と見送ってくれる。

「行っ…て、きます」

知章が来てから、朝はいつも自分ひとりで鍵をかけて出ていくのが普通になった。見送ってくれるひとがいるというのは心温かく、なんだか不思議な感じがした。母親とは、自分を産んだひとというだけではなく、もしかしたら日常に温かみを添える存在なのかもしれない。

(――織斗には、母親が必要……か)

職場に向かう英司の足取りは重い。

自分たちだけのことなら、どれだけ反対されても説得する覚悟でいた。だが織斗の将来を持ち出されると、どうしても揺らいでしまう。

カオリの存在に心乱され、ようやく気持ちを切り替えたところに翠子の襲撃に遭《あ》い、自分の中で自問自答してきたことを、再び突きつけられた。落ち込むなと言うほうが無理な話だ。

しかも、知章の両親が不仲になった原因が自分にあると思うと、やりきれなかった。

英司の両親は、英司の性指向が原因で離婚している。たったひとりの弟も、ゲイである兄を毛嫌いして実家を出て行った。以来、英司は実家の敷居を跨《また》ぐどころか、親族に一度も会うことを許されていない。家族を文字どおり崩壊させた自分が、今度は知章にまで同じ轍《てつ》を踏ませようとしている。その事実が耐え難《がた》い。

――いまはよくても、知章に将来、好きな女性が出来たら。

翠子の言葉が、英司に重くのしかかる。

知章は元々ゲイではない。

栞とも一般的な家庭を築き、ごく普通の夫婦生活を送っていた。

英司と関係を持っていても、あとから気の迷いだったと思い直すことがないとは言いきれない。以前と違って、織斗は知章に懐いている。その気になれば、知章はいつだって織斗を連れて出て行けるのだ。自分の駄目さ加減がわかっているだけに、いざそうなったとき、引き留められる自信がない。

知章は端《はな》から否定するだろうが、将来はなにが起きるかわからない。

近視眼的に物事を見るのではなく、もっと先々のことを考えれば、織斗のためにも我慢するべきというのが翠子の言い分だ。

それを論破《ろんぱ》できるだけの理由や覚悟を、自分たちは示せるのだろうか。親兄弟の反対を押し切り、周囲の不幸を踏み台にして籍を入れても、はたしてそれは幸せと言えるのだろうか。

考えれば考えるほど、わからなくなってくる。

(いっそ……〝事実婚〟でも、いいんじゃ、ないのか……)

後ろ向きな考えが、ちらりと脳裏を掠めた。

いまの生活に不満はない。知章と織斗、愛する者と守るべき者が傍《そば》にいる。それ以上を望めばいまの幸せを維持することさえ困難になるというのなら、現状のままでいい。

籍を入れるか、入れないか。

いまとなっては、それも些末な問題のような気がした。

その夜、知章は十時近くに帰宅した。

どことなくやつれて見えるのは、昨日の埋め合わせで休日出勤をしたせいだろうか。本人はなにも言わないが、年末進行も重なって、かなり無理をしているのが伝わってくる。

「ちょっと、話があるんだが、いいか」

出迎えた英司に、知章は少し硬い表情で言った。英司は内心ギクリとしたが、すぐに「僕の寝室で聞くよ」と冷静を装った。自分にも、話したいことが山ほどあった。たぶん、知章の話したい内容とそんなに違いはないだろう。

織斗も翠子もとっくに寝ている。

知章はスーツも脱がないまま、足音を立てずに二階に上がった。

「両親の喧嘩の原因な……」

部屋に入るなり、知章はそう切り出した。

会社の昼休みにでも、父親と連絡を取ったのだろう。

「翠子さんから聞いてる」

控え目にそう答えると、知章は額を押さえて項垂《うなだ》れた。

「そうか……申し訳ない」

知章の父親は、そのうち迎えに行くと言って電話を切ったらしい。妻を家庭に縛ることなく好きにさせているつもりのようだが、翠子にはそれが自分への無関心に映るのだろう。

父と母との板挟みで、知章も苦悶《くもん》している。

父親と話し合ったのは、おそらく母親の家出のことだけではない。英司とのことがメインだったのは、疲れた表情からも窺える。織斗の養父として、しっかりやってきたつもりだったが、周囲にはそうは映らなかったようだ。話し合いは物別れのまま、知章が両親と不仲になるのは英司としても本意ではない。

「……やっぱり、僕じゃ駄目なのかもな」

「なにを言い出すんだ」

「織斗には、母親が必要だ」

「お袋が言ったのか」

知章が舌打ちする。

だが英司は首を振った。翠子から言われなくても、そのことは常から感じていた。

「ごめんな。僕じゃなくて、矢名瀬さんだったら、なんの問題もなかったのに」

「謝るようなことじゃない。……まだ、あいつのこと気にしてたのか」

カオリとは身体以外の繋がりなどなかったと、知章は何度も言う。だが、それはあくまでも過去の話だ。そのまま付き合いを続けていけば、未来のどこかで情が生まれたかもしれない。英司と出会わなかったら、カオリと再婚という将来があったかもしれない。カオリでなくとも、他の女性と再婚する道もあっただろう。

これまでも、織斗が寝言で母親を呼ぶたび、やりきれない思いを噛み締めてきた。自分が諦めれば、知章と織斗はいまよりももっと幸せになれるかもしれない。ここにいるべきなのは自分ではなく、もっと他の——女性ではないか。

「なあ、知章。いまからでも、間に合うんじゃないのか」

知章がぎょっとした目で英司を見た。

「なに言ってるんだ、英司。俺は」

「子供は織斗がいればいい、俺が愛してるのはおまえだけだ……知章が、そう言ってくれるのは嬉しいよ。でも、織斗はどうなんだろうな」

努めて穏やかに話しながら、英司はじわじわと首を絞められていくような閉塞感《へいそく》を感じていた。

——『おとうとをください』

面と向かっては言わないだけで、織斗も、心のどこかで母親を欲しているのかもしれない。みんなが英司を気遣って、我慢してくれている。優しいから、言わないようにしているだけで、本当はもっと違うことを望んでいるんじゃないのか。

「子供を引き合いに出すな。織斗のことは、いまは切り離して考えろ。これは俺たちの問題だ」

「愛してるだけじゃ駄目なこともあるって、本当はわかってるだろ」

「英司！」

「大声出すなよ。別にいますぐ僕と別れて、女と付き合えとか言ってるんじゃないんだ。ただ、僕たちは男同士なんだし、籍にこだわる理由もないんじゃないか、って……」

誕生日にケーキを作って、子供が寝たら同じベッドでごそごそして、ままごとみたいな『新婚生活』を送っていても、結局は男同士という事実に行き詰まる。

知章が英司に求めるものはと考えたとき、真っ先に思いつくのはパートナーとしての愛情と、織斗の健《すこ》やかな養育という二点だ。でも、それなら自分でなくても知章に与えられる。知章にとって、英司でなくてはいけない理由は本当にあるのだろうか？

「わかったよ」

知章が乱暴な手つきでポケットをまさぐった。携帯電話を取り出し、英司の目前でどこかに掛ける。かすかに漏れ聞こえるコール音に、嫌な胸騒ぎがした。

「……どこに電話して……」

「弁護士だ」

ヒヤリと背筋が冷える。

「……なにを言うつもりなんだよ……」

相手も業務時間外だ。繋がるはずがないとわかっていたが、無意識に声が低くなる。

「手続きを急がせる。親なんか関係ない。最初から説得なんて考えずに、とっと籍を入れてしまうべきだったんだ」

思わず、手が出た。携帯を奪い取られ、知章の怒気を孕《はら》んだ声が響く。

「……ッやめろよ！」

「なにするんだ！」

電源ごと通話を切り、英司は絞るように息をしながら知章を見つめる。「返せ」と差し出された手を、首を振って拒絶した。ひどく感情を乱されたまま、あとずさる。

「なんなんだ、いまさら……」

知章は冷静になろうとしてか、何度か大きく深呼吸した。毟《むし》るように前髪を掻き上げる。

「家族が欲しかったんじゃないのか⁉ 急にそんなこと言い出して、どうかしてるぞ……！」

「知章こそ……なんで僕の気持ちをわかってくれないんだよ……！」

英司は半ば叫ぶように言った。

親に縁を切られ、親族からつまはじきにされ、自分がどんな思いを味わったか。

ゲイであることに苦しみながら、ずっと家族を欲してきた。心から信頼し、すべてを受け容れ、赦《ゆる》し合える存在を求めてきた。しかし、愛するひとに、身内を不幸に巻き込む責めを一生、負わせてしまうくらいなら、家族なんていらない。

「僕と……同じ思いをさせたくないんだよ！」

「するわけないだろう！ 俺にはおまえがいる、織斗だって……英司だって、いまは俺がいるだろうが！」

知章の声は怒りを通り越し、悲愴感すら漂っていた。乱れた髪が、額にかかる。眉を寄せた苦しげな表情は、まるで泣き出す寸前にも見えて、英司は息を呑んだ。

「知……」

「おまえにとって、俺の存在はなんなんだ。おまえこそ、ただ孤独を紛らわせる相手が欲しかっただけじゃないのか。家族になるのは、俺でなくてもよかったんじゃないのか？」

「違う！」

出会ったころは、たしかに織斗を取り上げられたくないという思いばかりが強かった。だが、いまや英司にとって知章はかけがえのない存在だ。織斗と知章、どちらが欠けても立ち行かない。英司にとって人生はもう、知章と一緒でないと意味がないのだ。

「だったら、どうしてそんな簡単に全部を投げ出そうとするんだよ。生きていれば、いいことだって悪いことだってあるだろう。苦しいことも、楽しいことも、全部わかち合ってこそだろうが」

「……っ……」

知章の一言一句が、胸に重くのしかかってくる。

すべてを投げ出そうとしているも同然だという彼の叱責は、殊《こと》の外《ほか》、胸に響いた。

もしかして、知章も自分と同じように、英司との関係に不安を感じてきたのだろうか。相手にとって、自分でなくてはいけない理由を、ずっと索《さが》し続けてきたのだろうか。

激情を飲み下すように、知章は大きく息をついた。

「俺は……惚れた相手がおまえじゃなかったら、籍を入れたいなんて、きっと考えもしなかった」

自嘲《じちょう》めいた呟きに、知章も自分と同じく悩んできたことを知る。

「……僕だって……」

自分だってそうだ。他のだれでもない、知章と一緒に生きていきたいと思っている。織斗と英司と知章と、三人がお互いに欠けたものを補い合って、最高の家族が出来る。そう信じていた。

だがもし、ふたりにとって自分が重荷になるのなら、潔《いさぎよ》く身を引いたほうがいい。そんなふうに思い詰めるくらい、大切に思っている。

「お袋が驚くくらい、俺を変えたのはおまえだ、英司。だから、好きになったんだ。女しか相手にしたことない俺が、英司を選んだんだぞ。籍だって、織斗とおまえと三人で幸せになろうと決めたから、ちゃんとするんだ。これ以上、どう誠意を尽くしたら、おまえは俺を信じてくれる……」

知章の苦悩が、深い愛情が、狂おしげな声に表れている。

英司は俯いたまま、顔を上げることもできない。

(だって、仕方ないじゃないか)

自分は決して強い人間ではない。仕事も恋も父親役もそつなくこなせる知章のような、器用さもない。ときどき魔が差したようにネガティブな自分が出てきてしまう。

知章との関係を壊すのが怖かった。家庭がうまくいかなくなって、織斗を連れて出て行かれることが怖かった。ときどき夢に見て、泣きながら目を覚ますくらいに。

「そうは言っても……あんたは元々、ストレートじゃないか。織斗がいなかったら、僕となんか」

「そうやって自分を卑下《ひげ》して、諦めるのか？」

「！」

自分の甘えを鋭く指摘された気がして、英司は息を止めた。

「お袋を止められなかったのは、悪かったと思ってる。だけど、親に押しかけられたくらいで、なんでいまさら諦めなくちゃいけないんだ。俺は、そんなもの、撥《は》ね返してでも、おまえと一緒になりたい……っ」

頭に上っていた血が、すーっと下がっていくようだった。

体側で握り締めた拳《こぶし》が震える。

（そうだ……）

反対されることなんて、最初から想定内だった。

男同士であることを引け目に思うあまり、萎縮《いしゅく》してしまっていたのか。カオリへの嫉妬と同様、自分の弱さを自分自身に許してしまっていた。いまある幸福を守ることに必死になりすぎて、ふたりの関係まで妥協しようとしていた。

「知……」

思い詰めた結果の勘違いにようやく気づいたときだった。

小さな音を立ててドアが開き、ふたりは同時に振り返った。

「けんか……？」

パジャマの袖で寝ぼけ眼《まなこ》を擦りながら、織斗が部屋に入ってくる。

隣室に子供が寝ていることを失念し、つい声が大きくなっていた。英司は動揺し、上擦《うわず》った声で言い訳する。

「ち、違うよ。ごめん、起こしちゃったか」

「んーん」

素足のまま、織斗はぺたぺたとふたりのところに走ってくる。反射的に抱きとめようとした英司を背に、知章を見上げた。

「トモ、英司を怒らないで」

「織斗……!?」

動揺する英司を背中で庇い、織斗は必死に言い募る。

「僕、もっといい子になるから。寂しいのも我慢する。ばぁばとも仲良くするから……英司を怒っちゃだめ」

「織、斗……」

どんなときも、英司の味方であろうとする。その健気さに、目の奥が熱くなる。

英司は床に膝をつき、織斗を抱き締めた。

「だれも怒ってないよ……ちょっと、話してただけ」

「英司、なんで泣くの？　喧嘩じゃないんでしょ？　英司、元気出して？」

「……っ……」

「もう三人で暮らせないの？　僕そんなの嫌だよ……英司と離れたくない」

小さな手に渾身《こんしん》の力を込めて、英司を抱き返してくる。

答えようにも、喉が震えて、言葉にならなかった。ひたむきな思いをぶつけてくる幼さが、以前にもまして愛おしくてたまらない。

一緒にいたい。手放したくない。ずっと三人で暮らしていきたい。

「織斗、いい子だから、部屋に戻ろう」

気を取り直したように知章が声を掛けた。返事はしたものの、織斗はなかなか英司から離れようとしない。英司は織斗の肩を掴み、自身を引き剝《は》がすようにして視線を合わせた。

「織斗、ベッドに戻ろう？　こんな格好で起きていたら、風邪ひいちゃうから」

「……うん……」

赤く潤んだ英司の目を、織斗はまだ心配そうに覗き込んでいる。英司は表情を緩め、「大丈夫だから」と抱き上げようとした。だが、知章が横から奪うように織斗の腋《わき》をすくい上げる。

「俺が連れて行く」

喧嘩でないとわかったからか、織斗は抗《あらが》わず、おとなしくしていた。広い肩に頬をくっつけ、とろんとした目で英司を見下ろす。

「英司、もう今日は休め」

ドアに向かう知章の背を、追いかける勇気はなかった。

「……わかった……」

「おやすみ、英司」

ドアの前で、知章が織斗の身体を揺すり上げる。肩の高さに抱き上げられた織斗が小さく欠伸《あくび》を漏らし、「おやすみなさい」と呟いた。

「……おやすみ、織斗」

気まずい空気を残し、英司の目の前で、ドアが閉まる。


――眠れない。

頭までひっかぶった毛布を剝がし、英司は溜息をついた。

織斗の来襲により、物狂おしい気持ちのままベッドに入ることになった。喧嘩別れしたままというのがどうにも気がかりで寝つけない。

織斗を寝かしつけた知章が、すでに自室に戻っているのはわかっていた。だが、いまさら起こして謝るのも、疲れている知章には、かえって迷惑な話だろう。

英司は寝返りを打ち、冷えた爪先を擂り合わせながら身体を丸める。

(怒ってるときの知章……なんか、泣きそうだったな……)

いや、もしかすると、英司が気づかなかっただけで、本当は泣いていたのかもしれない。知章に怒られて、まともに顔を見られなかったから。

知章の泣き顔を想像すると、後悔や罪悪感とともに、なんとも言えない幸福感が込み上げてくる。

英司と違い、涙を恥とするような男が、形振《なりふ》り構わず、自分との未来を欲してくれた。全部を投げ出しかけていた英司のことを、真剣に叱ってくれた。そのすべてが、ふたりの未来を本気で思ってくれている証《あかし》だとわかるから、むしろ嬉しい。

『――そうやって自分を卑下して、諦めるのか?』

知章はストレートだから。織斗と血が繋がっているから。強い結びつきを欲しがる一方で、そんな、どうしようもない事実を突きつけて知章を拒絶していた。

冷静になってみれば、いかに自分が知章と向き合うことから逃げていたのかがわかる。なにかあったらすぐ身を引くことを考えるのではなく、ずっと一緒にいるためになにができるか、とことんまでつきつめるべきだった。知章が言ったことは、なにひとつ間違っていない。

「……とんまのくせに……」

目許を赤く染め、枕を胸に抱き締める。胸に甘い感覚を味わう。

知章の魅力は、こうと決めたら過去の考えを捨て、己を変える努力を惜しまないところだ。改めて顧みれば、英司は自分を変えようなんて思ったこともなかった。それどころか、ようやく手に入れた幸福を手放すまいと必死なあまり、いまだ前進を躊躇《ためら》って足踏みしている。

（……かっこ悪いな……）

いままで、どんなに切望しようが、恋人と家族になるなんて叶わない夢でしかなかった。刹那《せつな》的に身体の関係を持ったとしても、どうせ相手の一生をどうこうできるまでには至らない。男しか愛せない自分への卑下と諦めが、宇枝《うえだ》との不倫を長引かせたのかもしれない。

でも知章となら、なにも諦めなくていい。いや、諦めてはいけないのだ。

『英司がママ父で、俺がパパ父で、織斗という子供もいる。それじゃ駄目か。家族にはなれないか？　俺は、なりたいよ』

年を重ねれば自然としがらみも増え、恋愛するにも、それなりの覚悟が必要になってくる。ましてや男同士で「家族になろう」などと、生半可《なまはんか》な気持ちでは言えない言葉だ。

たとえ一時的に気まずくなったとしても、自分たちは簡単に終わってしまう関係ではない。喧嘩のたびに、知章はそれを言葉や態度で示し続けてくれた。いつまでこの関係を保てるのか、何度も疑心暗鬼《ぎしんあんき》に陥る英司を、面倒がることも突き放すこともない。あやうい現実の中で常に安心を求める英司の性格をよくわかっている。

今度は自分が、知章への誠意を尽くす番だ。

（明日……知章に、謝らないと）

そう決めた途端、心が軽くなった。もしかしたら自分は、失うことを恐れるあまり、物事を難しく考えすぎていたのかもしれない。

まずは仲直りの印に、おいしい朝食を作ろう。明日はクリスマス・イブ、夜は家族で楽しい食卓を囲むための下準備もしてある。織斗も家族と過ごすクリスマスをとても楽しみにしているのだ。

（それにしても、あの知章に叱られる日が来るなんて、思わなかった……）

以前と逆転した立場に、悔しいような、誇らしいような心地を味わう。だが一番、悔しいのは、自分が知章に文字どおりベタ惚れしていると再確認させられたことかもしれない。

ぐっすりと眠っていたらしい。

カーテンから透ける陽光の中で、英司は目を覚ました。跳ね起きて枕元の目覚まし時計を見る。

（……うわ、十時）

早起きして朝食を作る気でいたが、アラームを無意識に止めてしまったようだ。

今日が土曜日で助かった。英司は、急いで着替えると階下に降りた。

「おはよう」

リビングのドアを開けた瞬間、コーヒーの香りが鼻腔をくすぐった。L字型のソファで寛ぐ知章と翠子の姿が視界に飛び込んでくる。

「お、……はよう、ございます」

「ずいぶんと遅い起床ですこと」

翠子の滞在中に寝坊したことは失態だった。ちくりと嫌味を言われ、苦笑するしかない。

「英司、気にするなよ。年寄りは用もないのに早起きだからな」

ソファで新聞を広げる知章は、シャツとセーターのレイヤードにヴィンテージデニムというラフな服装だった。コーヒーは勝手に自分で淹れたらしい。朝はトーストとサラダで簡単に済ませたのか、水切り籠に濡れた食器が伏せてあるのが見える。

(先に起きたのなら、声を掛けてくれればよかったのに)

すっかり昨夜のことを謝るタイミングを逃し、英司は気まずいままキッチンに入る。

(……ん?)

調理台の上には今朝、庭で収穫したと思《おぼ》しき野菜が置かれていた。きりりと冷たい水につけられ、食べごろを迎えたカブやほうれん草は葉先まで瑞々《みずみず》しい。慌てて屋外に目をやると、庭先の物干し台にはタオルやリネンなどの洗濯物がはためいていた。

「あの……」

翠子がぷんとそっぽを向く。

「用がないなんて嘘言わないでちょうだい。洗濯物が溜まってたから片付けたのよ。知章が土いじりしてたから、ついでよ、ついで」

洗濯は毎日しているから、言うほど溜まっていないはずだ。いったいどんなついでがあったのかわからないが、翠子は掃除まで済ませてくれたらしい。

「ついでですね、すみません。ありがとうございました」

言いながら知章に視線を移すと、焦ったように新聞で顔を隠してしまった。どうやら今朝はふたりで協力して家事をこなしたようだ。寝坊した自分が悪いのだが、まるで除《の》け者にされたようで決まり悪い。

「そんなことよりお袋、今日こそ帰ってもらうからな。荷物、纏めておけよ」

「なに言ってるの、私が帰るときは織斗ちゃんも連れていくんだから」

既視感《きしかん》を覚える会話に溜息が出る。そこでふと、織斗の姿がないことに気づいた。

「そういえば、織斗は？」

言い争っていた知章が、翠子と顔を見合わせる。

「言われてみれば、今朝はまだ見てないわね」

「昨日の夜遅くに、ちょっと起こしてしまったから……まだ寝てるんじゃないか？」

「そ、そっか……」

織斗には生活リズムを崩させないよう、夜更かしや寝坊は許していない。昨夜は夜中に起こしてしまったことを鑑《かんが》みても、もう十時過ぎだ。いくらなんでも寝すぎだろう。

「私が起こしてくるわ」

「俺が行く。年寄りに階段はキツイだろ」

いそいそと腰を上げた翠子を制し、知章がさっと部屋を出て行った。あまり家の中を引っかき回されたくないのだろう。先を越された翠子が「年寄り扱いして」とブツブツ言いながら腰を下ろした。

「そうそう、あなたのぶんのサラダは冷蔵庫に入ってるから」

「えっ？」

「作ったのは知章よ。あの子、男子厨房に入らずの典型だったのに、『英司が寝坊なんて珍しいから起こすな』って。あなた、甘やかされてるわね」

疲れているのはお互い様なのに、英司を気遣って寝かせておいてくれたらしい。除け者にされたのではなく、ふたりから気を使ってもらったのだと気づき、心が温かくなる。

「ありがとうございます、……お義母さん」

「おか……!?」

「あ、僕が知章の養子になるから、祖母と孫って関係になりますね。でも、お義母さんのほうがしっくりくるので」

「と、年寄り扱いされるよりマシだから、いいわ。でも私はまだ英司さんのこと、嫁だなんて認めてないわよ」

ツンとして見せながらも、名前で呼んでくれる。憎めないどころか、翠子のことが可愛くさえ思えて、心がぱぁっと明るくなった。

知章にも早く謝って、きちんと仲直りしたい。そう思いながら、冷蔵庫を開けたときだった。

「英司!!　織斗が！」

二階から知章の叫びが聞こえた。冷蔵庫の扉を閉め、英司はキッチンを飛び出した。階段を駆け上がり、開け放たれたドアから子供部屋に飛び込む。

「なにがあった!?」

「……いないんだ……」

机の脇で、知章が茫然《ぼうぜん》と立ち尽くしていた。織斗が寝ているはずのベッドはもぬけのからだ。椅子の上に、脱いだパジャマがきちんと畳んで置かれているのを見て、英司は言葉を失った。

「置き手紙があったんだ」

「織斗の？」

机の上にあったという折り紙を、知章が差し出した。小さく畳んだ跡が残る黄色の色紙には、芯の柔らかい鉛筆で、なにか書きつけてある。

——えいじのげんきをもらいにいってくるね。

文面に目を走らせた英司は絶句した。

「二階の部屋は全部探した。だが、どこにもいなかった」

知章の声に、冷たい汗が噴き出してくる。

（嘘だろ）

置き手紙を持つ手が小刻みに震えた。

いままで、織斗をひとりで外出させたことはない。小学校に上がるまでは、友達の家に遊びに行くにも必ず英司が送り迎えすると言い聞かせてあった。織斗がその言いつけを破るはずがない。

「一階の仏間とか、トイレ……物置に隠れてるなんてことは」

きっとクリスマスのサプライズで、かくれんぼでもしているのだろう――そう思いたかった。

「探してみよう」

階段の下で心配そうにしていた翠子にわけを話し、皆で手分けして探し回った。だが織斗の姿はどこにも見当たらない。名前を呼びながら、庭も、家の周辺一帯も、足でくまなく探したが、まるで神隠しにでも遭ったように、織斗は姿を消していた。

「英司！　来てくれ」

玄関のシューズボックスを開き、中身を検《あらた》めていた知章が英司を呼んだ。

「織斗の靴、足りなくないか」

「なんだって……」

見ると、織斗のお気に入りの運動靴が一足、なくなっていた。信じたくはないが、家の外に出て行ったとみて間違いないだろう。

自分との約束を破ってまで、いったいどこに向かったのか。置き手紙を何度、読み返しても、手がかりになりそうなヒントすら見つからない。英司はその場にしゃがみ込み、力なく呻《うめ》いた。

「……いつ、出て行ったんだ……」

「わからない。俺もお袋も庭にいたから、気づかなかったのかも。すまない」

「いや……謝るのは僕のほうだ。僕こそ、ごめん」

「英司……？」

「昨日のこと……」

昨夜、抱き締めた小さな身体の温もりを思い出し、耐えきれず肩を震わせる。

ここ最近、元気のない英司のことを、織斗はしきりに気にしていた。英司になにかあれば、いつだってその小さな身体で果敢《かかん》に庇おうとしてくれる。それくらい、優しい子なのだと知っていたのに。

『ねえ英司、元気出して？』

英司が笑顔でいれば、こんなことにはならなかった。昨夜の知章との言い争いが、家出の決定打になったのかもしれない。不安が押し寄せてくる。

「僕のせいだ。僕が、しっかりしていないから」

なぜ、今日に限って遅くまで寝過ごしてしまったのだろう。隣室にいながら、出ていく気配にすら気づけなかった。織斗になにかあったら、きっと一生、元気になんてなれそうにない。

「ひとりで抱え込むなって言っただろう」

手の甲で軽く頬を叩かれ、はっと顔を上げる。

「声を荒らげた点では俺も同罪だ。けど自分を責めても、織斗が見つかるわけじゃない。ふたりで考えられる限りの手を打つべきだ。そうだろう?」

知章の言うとおりだった。

悩んでいる間に、織斗が行きそうな場所を捜索するほうが建設的だ。

「うん……そうだな。ごめん、ちょっと動転して」

英司は頷き、気持ちを切り替えた。

ひとに尋ね歩くにしても、織斗の写真があったほうがいいだろう。ポケットから携帯電話を取り出し、織斗の顔がはっきりと写っている写真をフォルダから何枚か選び出した。念のために知章にも転送する。

「まずは近所を訪ねて回って、それからクラスの友達や、念のために保育園にも連絡を入れよう。写真を持っていったほうがいいな」

「わかった。俺は近所を回る。英司は電話を頼む」

知章は早くも靴に足を突っ込みながら、英司を見た。不思議なもので、窮地《きゅうち》に陥ったときほど頼もしく見える。

「私は？　なにかできることはない？」

「お袋は英司についていてくれ。手伝えることはある」

駆け寄ってきた翠子に指示を出し、知章は家を飛び出していった。翠子は頷き、心配そうに英司のあとを追ってくる。だがいまは相手をしている余裕はなかった。英司は急いで部屋に戻り、携帯の電話帳を検索した。連絡先を知る限りの友達宅に、片っ端から電話をかける。

「そうですか……もし見かけたら連絡をください。小さなことでもいいんです。なにか情報があれば……ええ、はい……」

親しい保護者や保育士たちはみな織斗の失踪に驚き、すぐに「こちらでも探してみます」と言ってくれたが、結局、織斗の姿を見かけた人間はいなかった。近所でも織斗の行きそうなところはすべて探したが、行方は依然として不明のまま。

あらかた電話し終わったところで、英司は床に座り込んだ。

（なにか、他にできることは……）

目が自然と時計を見上げる。

織斗は昼食どころか、朝も食べていない。自分たち大人はまだしも、子供の体力が心配だった。アナフィラキシーを起こす可能性があるから、むやみに他人から食べ物をもらってはいけないと厳しく言い含めてある。きっとお腹をすかせているに違いない。

いや、案外、けろっとした顔で帰ってくるんじゃないだろうか。だって今日はクリスマス・イブだ。ごちそうもプレゼントも準備してある。サンタクロースに念を押した、フレンズマンの変身ブレスだ。

「大丈夫よ、織斗ちゃんは、きっと帰ってくるわ。英司さんのこと、あんなに大好きなんだもの」

思わぬ言葉で励まされ、思わずまじまじと翠子を見た。自分と同じ、知章も翠子も必死な表情をしている。こんなに心配して探しているのだから、きっと無事で見つかる。

「そう…ですね。すみません、取り乱して」

大丈夫、そのうち「ただいま」なんて、なにもなかったような顔で帰ってくる。

「ただいま」

玄関から聞こえた声に、英司は弾かれたように立ち上がった。知章の声だ。

「織斗は⁉ 見つかったか?」

玄関までとんでいったが、知章の表情を見て肩を落とした。

「念のため、警察にも相談に行ってきた。パトカーを出してその辺を見回りしてくれるそうだ」

靴を脱ぎながら、知章は慰めるような口調で言う。パトカーと聞いて大袈裟《おおげさ》なことになったと腰が引けたが、それで見つかるなら御《おん》の字だ。

「そうねぇ、迷子になっているだけかもしれないしねぇ」

「考えたくないが、万が一ということもあるからな」

翠子が大きく目を瞠《みは》る。

英司は思わず、知章の襟元を摑んだ。

「な……万が一ってなんだよ！　あるわけないだろ！」

「だから、万が一だよ」

もし、外出先で事故に巻き込まれていたら。

ひとりで外に出ている間に、だれかに誘拐されてしまったら。

そんな可能性もゼロではないのだ。

「そっちは？　なにか情報は得られたのか」

「なかった……なにも」

手を離し、力なく項垂れる。

そうかと落胆はしたものの、知章はすぐに力づけるように英司の背中を叩いた。

「気持ちはわかるが、落ち着こう。織斗は、英司の教育のお陰で、歳の割にはしっかりしてる。知らない相手にホイホイついていくような子供じゃない」

「……わかってる」

いい情報も悪い情報もないのだから、前向きに考えるしかない。気持ちを奮《ふる》い立たせ、顔を上げる。知章が意外そうに目を瞠った。

「なんだよ」

「いや、泣いてるかと思って」

英司の涙もろさは自他ともに認めるところだが、翠子の前で言われるのは決まり悪い。英司はきゅっと眦《まなじり》を上げ、ぶっきらぼうに突き放した。

「馬鹿言うな、こんなときに泣いていられるか」

「そうだな。もしかしたら思ったより遠くへ行っているかもしれない。俺たちも探しに行こう」

「でも、どこへ……？」

翠子の問いかけに、沈黙が降りる。保育園、スーパー、子ども図書館。織斗が近所で行きそうなところはすべて探した。子供の足だから、そう遠くへは行っていないはずだ。

一通り逡巡《しゅんじゅん》してふと、英司が呟いた。

「……公園」

「近所の公園ならさっき探しただろう」

「近所のじゃなくて、少し前に、キャッチボールしただろ」

「ああ……そういえば、グラブ買って行ったな」

知章が少し笑った。大人げなく本気で投げて、織斗の手を真っ赤に腫《は》らしたことを思い出したのだろう。あの日、織斗はすごく楽しそうにしていた。いま思えば家族三人、最初の思い出を作った場所だ。

「でも、あそこは織斗だけで迷わず行けるかどうか」

「織斗は賢い。頑張れば歩いて行けない距離じゃない」

時計はもう二時を回ろうとしていた。

十二月の陽が落ちるのは早い。これから夕方に近づくにつれ、気温は急激に下がっていく。

英司は意を決して二階に上がり、織斗の部屋からマフラーとキルティングコートを持ってきた。

翠子に自分の携帯番号を書きつけたメモを渡し、頭を下げる。

「お義母さん、連絡係として留守をお願いできますか」

もし擦れ違いに織斗が帰ってきても、鍵が掛かっていたら家に入れない。それに、寒い外から帰ってきたときに、暖かい部屋で、迎えてくれるひとがいるというだけでほっとするものだ。

「も、もちろんよ！　ふたりとも気をつけて」

翠子を家に残し、ふたりは思い出の公園に向かった。


行く道筋でコンビニなどを見つけるたび、ふたりは立ち寄って店員などに尋ねてみたが、織斗の姿を見た者はいなかった。情報が得られないまま公園に辿り着き、以前、キャッチボールをした広場へと急ぐ。

時間のせいか、それとも季節のせいか。人数《ひとかず》は少なかったが、それでも元気よく遊ぶ親子連れの姿があった。同じくらいの年齢の子供を見ると、たとえ服装が違っても近づいて顔を確かめずにはいられない。

　ふたりは大人と子供の区別なく、写真を見せて回った。だが、事情を知った大人はみな気の毒そうに首を横に振るばかりだ。

　スポーツゾーンやアスレチック設備を備えた公園はかなりの広さがある。なんとか暗くなる前に探し出そうと知章が提案した。

「らちがあかない。手分けして探そう。携帯は持ってるな?」

「ああ……僕は遊具のほうを探すよ」

「とりあえず、一時間後には東側の出入り口で」

　知章と分かれ、英司は歩き出した。

「織斗ー!　どこにいる、織斗ー!!」

　大声を張り上げても、返事はない。織斗がこの公園にいるという確信もない。

　だが一パーセントでも可能性があるのなら諦めたくなかった。十二月の太陽が急速に西へと傾いていく。人影もひとり減り、ふたり減り、気づいたときにはとっぷりと日が暮れていた。

「いたか?」

　一時間後、再び合流した知章は声を嗄《か》らしていた。同じく息を切らせ、何度か咳き込みながら、英司は首を振る。

「いない……」

「そうか……、仕方ないな」

トイレや休憩所、売店や水飲み場まで、思いつく限りの場所を探し歩いた。だが、結局、織斗を見つけることはできなかった。もしかしたら自分たちは見当違いな行動を取っているのかもしれない。翠子からも連絡はなく、ふたりは途方に暮れる。

「泣くなよ」

慰めようとしているのだろうか。

息を整えた知章が、俯く英司の肩に手を乗せる。重苦しい雰囲気の中、足許を小さな黒い影が擦り抜けていった。思わず目で追うと、それは少し先の木陰で立ち止まって振り返る。縞模様《しま》の虎猫だった。帰る場所があるのだろう、首に赤い首輪をしている。

「……泣いてない」

英司は白い息を吐いて顔を上げた。

ふたりの頭上で、ＬＥＤの公園灯がポゥッと点灯する。

「英……」

「だって今日はクリスマス・イブじゃないか。サンタクロースが、一番欲しいプレゼントを持ってくる夜に、織斗が見つからないはずがない……」

事態がなにも好転していないというのに、不思議なくらい気持ちは前を向いていた。

親としての責任感だけではない。

知章と織斗と、三人で家族になると決めた日に、英司の夢はひとつ叶った。愛するパートナーと家族を作るという、切実な願望だ。今度は、家族みんなで幸せなクリスマスを過ごすこと――その夢を叶えるためにも、無事に織斗を見つけて連れて帰る。

知章が、ほっとしたように微笑した。

「そうだな。せっかく苦労して変身ブレスを手に入れたんだし」

「チキンやケーキだって、まだ仕上げが残ってる」

「俺も手伝うよ」

「デコレーションはセンスが必要だぞ」

顔を見合わせ、小さく笑みを交わした。こんな状況で、笑う余裕があることが不思議だった。

知章が傍にいるからかもしれない。

織斗の失踪がきっかけというのは皮肉だったが、昨夜までぎくしゃくしていたのが嘘のように、いまは知章とも翠子とも、気持ちが綺麗に結びついている。

「大丈夫だな、英司」

知章が念を押した。

心配させたくないと、表面ばかり取り繕おうとしても、大切なひとは見ているものだ。

「ああ、大丈……」

ふと、聞き覚えのある旋律《せんりつ》が聞こえてきて、ふたりは口を噤《つぐ》んだ。

どうやら近くの家でオルガンを弾いているひとがいるらしい。クリスマス会でも開いているのだろうか。滔々《とうとう》と歌い上げられるアヴェ・マリアに、英司がぽつりと呟いた。

「そうだ……教会をまだ探してなかった」

「教会？」

「聖《セント》ガブリエル保育園の経営母体だよ。先月、織斗が持ち帰ったお知らせ、見ただろ。毎年十二月二十五日に、教会でミニコンサートを……」

——サンタさんと神様と、どっちにお願いしたほうが願いが叶う？

英司ははっと知章を見た。

「行ってみよう」

どんなに低い可能性でも、いまは賭《か》けてみるしかない。

知章が差し出した手を握り、英司は走り出した。


近代的な白い外装の教会では、ちょうど二、三十分前に夕方のクリスマス・ミサが終わったところだった。

薄いグリーンの三角屋根の頂点には銀の十字架が聳《そび》え、鐘塔《しょうとう》は温かみのある光でライトアップされている。暗い夜空を背景に浮かび上がる大きなつり鐘のシルエットは幻想的で、クリスマスの飾りつけがされた門とともに、携帯カメラに収めていく通行人もちらほらいた。

「息が切れているが、大丈夫か、英司」

「これくらい平気だ。あんたこそ、腰がつらいんじゃないのか」

「おっさん扱いするなよ、これでも鍛《きた》えてるんだ」

教会の出入り口へと続く緩やかな階段を競うようにして駆け上がる。上がりきったところに、二メートルほどはありそうな巨大なツリーが飾られていた。ふたりは顔を見合わせ、頷き合う。

思いきったように、知章がその重厚な扉を開いた。

「……おり、と……？」

目につく限り、人影はなかった。

ミサで灯《とも》したであろう蠟燭《ろうそく》の匂いがかすかに漂ってくる。

（こんなにも、広かったっけ……）

この教会には、保育園の行事で一、二度、足を運んだことがある。

英司は唾を飲み込み、そっと中に足を踏み入れた。知章がそれに続き、ドアを閉める。

だれもいない教会は、足音を立てるのさえ躊躇うような、荘厳《そうごん》な空気が漂っていた。

信者が祈りを捧げる祭壇の上には聖十字架が飾られ、その横にはキリストの福音を伝えるオルガンが置かれている。艶《つや》やかに磨《みが》かれた木製のベンチが整然と二列に並び、窓にはマリアの受胎《じゅたい》告知《こくち》や聖人らを模《かたど》ったステンドグラスが嵌め込まれていた。

「やっぱり、ホテルとか結婚式場のチャペルとは違うな……」

独立した教会は初めてなのか、歩きながら知章が物珍しげに呟く。信者でもない限り、実際に足を運ぶ機会はそうそうないだろう。英司ですら、織斗の保育園行事がなければ、教会を訪ねることなど皆無だった。

「あそこの、仕切り部屋はなんだ？」

「告解室《こっかい》だよ。神の赦しと、神父からの慰めを求めて、信者が匿名《とくめい》で罪を懺悔《ざんげ》する……」

一瞬の沈黙に、知章がなにを考えたか容易にわかった。罰当たりな感想を口にしなかったのは場をわきまえたからか。ともかくも、ふたりは子供が隠れそうなところを手分けして探すことにした。

知章は告解室を、英司は、一列ずつ左右のベンチを確かめながら通路をゆっくり進んでいく。

通路の脇に置かれたストーブはすでに火が消えていたが、室内はまだほんのりと暖かい。囁くように織斗の名を呼びながら、英司は丁寧に見て回った。

「英司」

床に膝をつき、ベンチの下を確認していたときだった。顔を上げると、知章が小走りで戻ってくるのが見えた。

「告解室にはいなかった。そっちは？」

「まだ、……あと五列」

だが見渡す限り、ベンチにはひとどころかゴミさえ落ちていない。知章の顔に、一瞬だけ落胆の表情が過ったが、すぐに「祭壇を確認してくる」と走っていった。英司は溜息をつき、祈るような気持ちで幼子を抱く聖母マリアの絵を見上げる。

「織斗！」

知章の声が響いた。咄嗟に立ち上がり、オルガンの下を覗き込む知章のもとに走る。そこにはオルガン椅子に凭《もた》れて目蓋を閉じる織斗の姿があった。

信じられない。あれほど探し回っても見つからなかった織斗が、こんな近くにいたなんて。

「織斗……‼」

震える手を伸ばし、肩を揺さぶる。すやすやと寝息を立てていた織斗が、ふ、と目を覚ました。まだ半分寝ぼけたような顔で英司を見る。

「うん……あれ……？」

「織斗……織斗……っ」

夢ではないかと半信半疑だったが、夢ではない。

言葉より先に、堪《こら》えてきた涙が溢れた。床に膝をつき、織斗の身体を力一杯、抱き締める。

「えいじ……？　なんで泣いてるの……」

織斗はきょとんとするばかりで、まだ事態がよくわかっていないようだ。泣き崩れる英司を見かねた知章が、横から口を挟んだ。

「心配したんだぞ、織斗。どうして家出なんかしたんだ」

「家出じゃないよ！　神様にお祈りしに来ただけだもん。英司が元気になりますようにって」

英司は置き手紙の内容を思い出し、知章と顔を見合わせた。

「いのこりして、たくさんたくさんお祈りしたから、イエス様は叶えてくれるよね？　英司、元気になった？」

織斗に悪びれた様子はなく、得意げな顔をしている。本人はいいことをしたつもりでいるのだから、当然だろう。

「織斗、おまえ……」

知章は唸《うな》るように嘆息し、額に手をあてた。事件や事故に巻き込まれなかったのは幸い、いや神の加護《かご》とでも言うべきか。周囲の大人たちも、まさか幼児がひとりで教会に来ているなんて思うまい。

「なんだよー。ミサのときだって、僕おとなしくしてたよ？　長い間、目を閉じてたら、ちょっと眠くなっちゃったけど……」

大人の目を盗んでオルガンの下に潜り込むなどという大胆な行動に出た理由は、ミサの終了後も居残りして神に祈るためだった。英司に元気を出してほしいという、切実で優しい気持ちが伝わってくる。でも、それはやってはいけないことだ。

英司は口許を押さえたまま、抱き締めていた織斗の身体を離した。ようやくふたりの様子がおかしいことに気づいたのか、織斗がきょとんと見比べる。

ただ肩を震わせるばかりの英司の代わりに、知章が言った。

「謝りなさい、織斗」

「……トモ……？」

「心配したんだ。英司も、俺も。お祖母ちゃんも、クラスのお友達のパパやママも、まみこ先生も、お隣のおじさんもおばさんも、みんなが織斗を心配して、探してくれたんだ」

織斗は大きく目を瞠った。ようやく事の次第が呑み込めたらしい。英司の涙の理由を知った途端、織斗は一気に消沈した。

「ごめんなさい……」

「もう二度と、大人に黙って外に行かないと約束しなさい」

「はい」

「よし」

神妙に返事をした織斗の頭を知章がぽんと撫でる。

織斗はうっすら目に涙を溜め、顔色を窺うように英司を見た。

「英司、ごめんね……」

英司は何度も深く息を吐き、首を振る。

自分のために、幼い心を痛めてくれた。取った行動はどうあれ、その優しさは先々までずっと持ち続けてほしい。

織斗としっかり目を合わせ、英司は一言、一言区切るように涙声で諭《さと》した。

「これからは、出掛けるとき、いつ、どこに、だれと行くのか、何時に帰るのか、きちんと顔を見て言うこと。いいね」

「うん。約束する」

小さな手を差し出して、英司の小指と絡める。織斗の真剣な表情から、心からの反省が伝わってきた。指切りを終えてようやく英司はほっと安堵《あんど》した。

「俺、見つかったって電話してくるよ」

知章が携帯電話を片手に立ち上がる。

「ああ……頼む」

早く、保育園の関係者にも、謝罪と顚末の一報を入れなくてはいけない。皆に心配をかけたが、これで憂いなくイブの夜を過ごせる。

教会の外に颯爽《さっそう》と出て行く知章の後ろ姿が、以前よりもずっと頼もしく見え、英司は鼻を啜った。織斗の背中を軽く押す。

「さぁ帰ろう。風邪でもひいたら、明日、賛美歌が歌えないよ」

「うん」

明日はいよいよ十二月二十五日、この教会で可愛い聖歌隊がクリスマス賛美歌を披露する日だ。

四月に小学校に上がる織斗にとっては、今年が最後の恒例行事となる。

織斗が「はぁー」と悲しげな溜息をついた。

「どうした、織斗。溜息をつくと幸せが逃げるんだぞ」

「だってぇ……悪い子のところには、サンタさん来ないって聞いたもん……」

子供にとっては、重要な問題なのだろう。

呆れるやらおかしいやらで、笑いを耐えるのに苦労する。

「でも、織斗がお祈りしてくれたお陰で元気が出たから、今日だけはサンタさんも許してくれるんじゃないかな」

「本当？　英司、元気になった？　ずっと三人で暮らせる？」

立て続けの質問にひとつひとつ頷き、英司は照れた笑みを浮かべた。

「知章にも聞いてごらん」

「トモー!!」

教会の外に出ると、ちょうど知章が頭を下げながら電話を切ったところだった。翠子は安堵のあまり泣き出したらしく、宥《なだ》めるのに苦労したようだ。

「さ、ふたりともとっとと帰るぞ。超特急でチキンを焼かないといけないし、ケーキのデコレーションもまだなんだからな」

「僕もお手伝いするー！　あ、ねぇトモ、これからも三人で暮らせるよね？」

「うん？」

なぜそんな話になったのか、知章は首を捻《ひね》ったが、英司が目配せすると理解したようだった。

口許に笑みを湛《たた》え、織斗と視線を合わせる。

「ああ、これからも三人一緒だ」

「ほんと？　イエス様に誓える？　嘘ついてもイエス様はお見通しなんだよ。トモ罰が当たるよ」

「当たらないさ。神に誓って、俺は英司を愛してるし、織斗も愛してる」

「あい？」

大好きってことだよ、と英司が教えると、織斗はぱっと表情を輝かせた。

「じゃあ、じゃあ、僕も英司のことあいしてるもん！」

「俺は？」

「トモのことはちょっと好き。でも英司がいっちばん」

「差別だ……」

知章が悲しげな顔をしていじける。声を上げて笑う織斗を見て、英司は溜息をついた。知章が本気で乗るからこうして織斗が面白がるのだ。知章の耳許で「僕が愛してるからいいだろ」と素早く囁く。安いもので知章は途端に機嫌を直し、織斗を捕まえた。

「ほーら、囚われの宇宙人だ」

笑い転げる織斗を真ん中にして、ようやく家路につく。

成人男性がふたり、子供を真ん中に手を繋ぐ光景は、傍《はた》から見たらおかしいかもしれない。でも自分たちは強固な愛で結ばれていて、とても幸せだ。

ときどき、ふたりの腕にぶら下がりながら、織斗が「もろびとこぞりて」を歌い始める。足許に注意するふりをして、英司はそっと知章を見た。知章も同じように英司を見て、甘やかに視線が絡む。なにげない日常こそが幸せなのだと、改めて教えられた気分だった。


帰り着いた家の前には、黒塗りの高級車が停まっていた。

一目見た知章が「親父のだ」と呟き、運転席に近づく。同時に向こうも気づいたらしく、エンジンを止めた。ドアが開き、降り立った中年男性を見て、英司は思わず息を呑む。

「初めまして、と言うべきかな。愚息《ぐそく》が世話になっているようで申し訳ない」

「い、いえ、初めまして、日向野英司です」

檜水家は男系の遺伝子が強いのだろうか。その外見から、名乗られるまでもなく知章の父親だとわかった。二、三十年もすれば、知章もこんな落ち着いた老紳士になるのだろうか。そう思うと、なんだかドキドキする。

「妻が、迷惑をかけたね」

「まったくだ。さっさと連れて帰ってくれ。ただし、お袋だけな」

織斗は渡さないという姿勢を崩さず、知章はつっけんどんに言う。

息子の露骨《ろこつ》な態度にもめげず、美中年は肩を竦めた。

「それがな……ひどく怒っていて私の話を聞かんのだ。知章から帰ってくるように言ってくれ」

「自分で言え。と言いたいところだが、今回だけだからな」

息子としての地が出るのか、両親の前では、やや態度が崩れるらしい。知章は舌打ちし、織斗の手を離すと家の中に入っていった。

「こちらは、知章の子かな」

「あ…はい。織斗、ご挨拶」

戸惑いながら織斗が、「こんばんは」と小さくお辞儀《じぎ》をする。

「なかなか聡明な子だね。事情は知章から聞いている。この件では散々、話し合って喧嘩もした。私たち親に理解を求めたのはきみの意向だそうだね」

「はい」

話には聞いていたが、実際に会うのは初めてで緊張する。自分のことを、どう思われているのだろう。内心、戦々恐々《せんせんきょうきょう》とする英司に対し、知章の父親は飄々《ひょうひょう》と微苦笑しながら軽く両手を広げて見せた。

「見てのとおり、恥ずかしながら私たちのほうが夫婦の危機でね。いまは息子どころじゃないんだ。幸い、きみたちはもういい大人だし、その子がいれば少なくとも槍水の血は絶えないわけだ

から」

「織斗ちゃん!!」

玄関の扉が開き、翠子が飛び出してきた。そのあとから、両手に翠子の荷物を抱えた知章が、呆れた顔で追いかけてくる。

「ばぁば、心配かけて、ごめんなさい」

「無事だったのねぇ、よかったわ、なにもなくて」

涙と感動の再会シーンに、知章の父親が割り込んだ。

「帰るぞ、翠子」

どこまでも空気を読まない夫に、翠子が眉を吊り上げる。

「やぁよ。私がしっかりしていないから知章がおかしくなったなんて、なんでも妻のせいにする男のところになんて帰りません」

「悪かった。失言だ。私にはおまえが必要だ。おまえがいないと、パンツの在処《ありか》もわからない」

「一言多いのよ！」

「すまないな、性格なんだ。今夜はクリスマス・イブだろう。機嫌を直して、久しぶりに夕食を外で摂らないか。きみが行きたがっていた店に予約を入れた。シャンパンで仲直りの乾杯をしたくてね」

女の扱いがうまいのも槍水家の血筋だろうか。どうせ秘書が手配したんでしょう、などとブツブツ言いながらも、クリスマスディナーの誘いに悪い気はしなかったらしい。

「英司さん、知章のことお願いね。織斗ちゃんのことはまた話し合いましょう」

名残《なごり》惜しそうに織斗の手に頬ずりし、翠子は助手席に乗り込んだ。変わり身の早さに英司は唖《あ》然《ぜん》としてしまったが、夫が折れたことでどうやら怒りは収まったようだ。気が変わらないうちに、とばかりに知章がトランクに荷物を放り込んだ。

「親父、とっとと車を出してくれ、早く」

「そう急《せ》かさないでくれないか。……英司くん」

車を見送ろうと、織斗を抱き上げたときだった。呼び止められた英司が振り返ると、すぐ傍に知章の父親が立っていた。織斗の頭を撫でながら、なんでもないことのように囁く。

「さっきの続きだが、……きみたちの好きにしなさい」

「えっ……？」

「最近の若い人たちの考えはよくわからないが……私も妻も歳を取ったんだと悟ったよ。一朝《いっちょう》一夕《いっせき》に解決できる問題でもないのだし、一度、その子を連れて三人で遊びに来なさい」

言い出したら聞かない知章が、反対されるとわかっていながら、両親にすべて打ち明けたことを重く見たらしい。「そうさせていただきます」と頷くと、知章の父親はほっとしたような、少し疲れたような表情で運転席に乗り込んだ。

「きみたちも、よいクリスマスを」

今回、翠子に出て行かれたことでなにか思うところがあったのかもしれない。

来たときと同じように、大騒ぎしながら翠子は帰っていった。引っかき回されただけのような気がしないでもなかったが、事態は少しずつ、良い方向へと進んでいる。

「さ、俺たちもパーティーの準備をするか」

応えるように、織斗のお腹がくーっと鳴った。タイミングのよさに、思わず顔を見合わせて笑ってしまう。そう言えば、英司も織斗も朝からなにも食べていなかった。三人はじゃれ合いながら家に入った。


「メリー・クリスマース！」

織斗に合わせて、シャンメリーで乾杯する。大人の真似をして、グラスに口をつけた織斗がぷはっと満足の溜息をついた。

「うんまい」

どこで覚えたものか、台詞がオヤジくさい。思わず知章を見ると、「俺じゃないぞ」と慌てたように否定した。

ビールのCMでも見たのかと思いきや、保育園で女の子のままごとの相手をしているときに覚えたらしい。女の子に優しい織斗は、よくお父さん役に駆り出されるようだ。同じクラスの男児にからかわれた話も聞かないから、最近の子供たちは意外とジェントルマンなのかもしれない。

「チキン入刀《にゅうとう》」

知章がローストチキンにナイフを入れると、なんともいえないいい匂いが広がった。中まで火が通っているのを確認し、英司が皿に取り分ける。付け合わせの焼き野菜は甘く柔らかく、ローストチキンはローズマリーの風味が利いていて香ばしい。今年は少し凝《こ》ってみようと、ローストチキンに詰め物をしてみたが、知章はそれがいたく気に入ったようだった。

「うまいな、これ。脱サラしてノンアレレストランを開いたら、人気店になるんじゃないか？」

「考えたこともないよ。僕は好きなひとにおいしいって言ってもらえたら、それでいいんだ」

クリスマスツリーの形に盛りつけたサラダには型抜きしたパプリカやハムなどがカラフルにちりばめられ、まるでリビングに飾られた電飾ツリーのミニチュア版のようだ。あれこれ用意した料理を口にするたびに絶賛する知章と織斗は至福の表情で、ずっと見ていたい気持ちにかられる。

テーブルにクリスマスケーキを持ってくると、織斗の興奮はさらに高まった。

「すっごい！　きれいだね！」

知章が、先に織斗を入浴させている間に大急ぎで仕上げた、特製ノンアレルギー・クリスマスケーキだ。真っ赤ないちごがたくさん挟まれたケーキには、たっぷりの豆乳クリームと飾り切りしたいちご、それにサンタクロースと雪だるまの砂糖菓子が乗っている。プレートはチョコレートでなく、ノンアレのマジパン製だ。はしゃぐふたりにケーキを切り分け、英司が二杯目の紅茶を入れていたときだった。知章がふと思い出したように言った。

「そうそう、織斗。サンタさんからプレゼントを預かってたんだ」

「えっ、いつ？　英司、サンタさんに会ったの？」

子供用のマグカップをフーフーしていた織斗が、びっくりして顔を上げる。

「ついさっきな。織斗がトイレ行ってるときに来た。すぐ帰っちゃったけど」

知章がしれっと一芝居打つ。

精神年齢が近いせいだろうか、子供相手の方便は知章のほうがうまい。

「そんなぁー。僕も会いたかったのにー」

サンタクロースの存在を信じて疑わない織斗はすっかり騙《だま》され、眉をへの字に撓《しな》らせた。

「仕方ないさ、サンタさんだって忙しいんだから」

「あー……うーん……そっかー……今日はイブだもんね……忙しいよね」

納得つつも切なそうに溜息をつく。去年は寝ている間に来たから、会ってみたかったのだろう。

気を取り直したように知章に尋ねる。

「トモも会ったの？」

「うん？　まあな」

「いいなーいいなーサンタさんに会えて。なにしゃべったの、ねーどんな顔してた？　トナカイ、いた？　やっぱりお鼻赤い？」

矢継ぎ早に飛んでくる質問にさすがの知章も言い淀む。やぶ蛇にならないうちに、英司が隠しておいたプレゼントを差し出した。

「ほら、織斗。メリー・クリスマス」

リボンのかかった箱を見た途端、織斗は目を輝かせて立ち上がった。

「わぁー！　ありがとう！」

「よかったなー。なにが入ってるんだろうな、開けてみろよ」

「いいの？」

「もちろん」

すっとぼける知章に促され、織斗はいそいそと包みを開いた。中から出てきた変身ブレスに目を輝かせる。

「やったぁ！　サンタさん、ほんとにくれたぁー！」

「よかったな、いい子にしてて」

「英司、ありがとう！　ちゃんと手紙、届いてたね！」

一瞬でトナカイはどこかに消え、織斗は飛び跳ねて喜んだ。変わり身の早さに大人たちは苦笑したが、案外、子供なんてそんなものかもしれない。織斗の喜ぶ顔を見ているうちに、心が軽くなった気がした。きっと、プレゼントのリクエストに弟を挙げようとしていたことも、もう覚えていないだろう。

「おいで織斗、腕につけてやるよ」

「うん！」

サンタクロースにもらった——もとい、知章が苦心して手に入れた玩具を、腕につけてやる。

織斗はわくわくした顔でそれを見ていた。

「結構ゴツイな」

知章が横から覗き込む。

たしかに五歳児の細い腕に装着するには少し大きい。だが、欲しかったプレゼントをもらった織斗は上機嫌で、さっそく姿見に映そうと玄関に走っていった。廊下から、大はしゃぎでいろいろポーズを取っているのが聞こえてくる。

「うまくいったな」

知章がニッと笑い、冷蔵庫から出した缶ビールを開けた。

「英司、見てて！　いまから変身するからっ。トモも見て！」

「はいはい」

織斗はさっそく変身ブレスを装着し、わくわくしながらスイッチを押した。派手な音を立ててブレスレットが閃光《せんこう》を発する。「参上ッ！」だの「フォームチェンジ！」だのといったボイスに合わせ、織斗は得意そうにポーズを決めた。

「おい英司、変身は一回だけじゃないのか？」

「そんなの基本だろ。敵だって回を追えば強いのが出てくるんだ」

「俺のころにはそんな決まりなかったぞ。はぁ……平成生まれのヒーローは何度も変身すんのか……」

知章はジェネレーションギャップにショックを受けたらしい。変身アイテムの多機能さに加え、強化形態にも段階があるということにひどく感心している。

知章も子供のころ、変身ベルトで遊んだらしい。だが、もっと音割れが激しかっただの、光るのもワンパターンだっただの、ビール片手にブツブツ言っている。

「素敵なプレゼントもらえてよかったな、織斗」

「うん！　僕、ちゃんとお礼の手紙、書くから、また出してきてね」

英司を見上げ、織斗がにこにこ笑う。英司もつられて笑顔になった。

「そうだな。織斗は毎日、ひらがなの練習してたもんな」

ここ一ヶ月ほど、夕食を済ませたあとに織斗はひらがなの練習をしていた。かきかたなんて、小学校で習うのだから、そんなに急ぐことはない。しかしそう言うと、織斗は決まって「トモをびっくりさせてやるんだ」と笑うのだ。

いつか、大人になった織斗が今日のことを思い出し、温かな気持ちに包まれてくれることを、心から、願う。

「ああ、寝ちゃったか」

リビングのラグの上に座っていた織斗が、いつのまにかテーブルに突っ伏している。絵を描いているうちに、眠ってしまったようだ。左腕に変身ブレスをつけたまま、すやすやと寝息を立てている。

「織斗、起きろ。風邪ひくぞ」

サンタクロースを起きて待つ必要もなくなったせいだろうか。

起こすのも忍びなくて、肩を揺さぶろうとする知章の手を無言で制止する。意図を汲《く》んだ知章は肩を竦めた。

「しょうがないな、寝かせてくるよ」

くったりと力の抜けた身体を知章が抱え上げる。織斗の肘にくっついた画用紙が、ひらりとラグに落ちた。

「あ……」

拾い上げた英司が、なにげなく絵を見て固まる。

「なかなかイケメンに描いてくれてるじゃないか？」

織斗の頭を肩に凭れさせ、知章が横から覗き込む。幼児の抱っこも、もう手慣れたものだ。

「そうじゃないだろ馬鹿、よく見ろ」

「冗談だよ。わかってる」

画用紙にクレヨンで描かれた絵は、知章と織斗に挟まれて笑っている英司だ。頭上からは、てるてる坊主のような衣装を着た女の人が、一輪の青い花を差し出している。

女性は、頭の上に黄色い輪を乗せているから、おそらく天国にいる栞のつもりだろう。そしてチューリップでも薔薇《ばら》でもない、ぎざぎざの花弁を持つその花は、青いカーネーションだ。

「〝さんたさん、へんしんべると、ありがとう。いえすさま、えいじのげんきをかえしてくれてありがとう〟」

たどたどしい文面ながらも、鏡文字はきちんと直っている。ここ一ヶ月の、織斗の頑張りの成果だ。

「ついこの前まで、赤ちゃんと変わらなかったのにな」

「十年もしないうちに、立派なエロ魔神になるんだろうな」

「そこだけは、あんたに似てほしくない」

子供の成長は早い。時間の流れもまた然りだ。

重くなった織斗の身体を揺すり上げ、廊下に出る。英司が先にドアを開け、知章は織斗を起こさないよう、足音を忍ばせて二階に上がった。

織斗をベッドに寝かせた知章が、しみじみと呟く。

「天使の寝顔だよなぁ」

「なんだよ、急に」

「ここで暮らすようになるまで、子供がこんなにも可愛いものだとは知らなかったから」

「……。あんたも、父親としてはまだ赤ちゃんだからな」

子供は可愛いが、しかし決して天使ではない。それは一緒に育っていくうちに、知章も知るだろう。

そして織斗もまた、なんでも知っているように見える親が、実は決して万能ではないということに、いつか気づく。

「親」とは個人の一側面でしかない。迷いもすれば誤りもする、ごく普通の男が親になり、愛する家族を守ろうと身体を張って頑張るのだ。そんな、ふたりの父親を見ながら成長していく織斗が、この先、自分たち家族を恥と思うことがあるだろうか。

英司の中で、ひとつの答えが出た気がした。

「おやすみ、織斗」

枕元に、外した変身ブレスを置き、織斗の額にキスをする。

知章もそれに倣《なら》い、そして「ありがとう」と囁いた。

ありがとう——そのメッセージがだれに向けられたものか、英司は知っている。織斗と英司、そして、栞。織斗は、栞が自分たちに残してくれた最高のプレゼントだ。

自分たちには決して生み出せない、なにものにも代え難い鎹《かすがい》を置いていってくれた。その成長を見ないまま亡くなった栞の無念を思えばこそ、託された責任と感謝の思いを新たにする。

灯りを暗くし、ふたりは来たときと同じように足音を忍ばせて部屋を出た。

「お疲れさん、英司」

子供部屋のドアをそっと閉める。

知章がすかさず英司の両肩に手を置き、労《ねぎら》いの言葉を囁いた。落とした声のトーンが、父親から男のそれに変わる。

「知章も、お疲れ様。それから……ありがとう」

身体の向きを変え、知章と向き合った。両腕を伸ばし、知章の目を見つめる。端整な顔が近づいてきて、唇が重なった。

「っ……トモ……」

薄暗い廊下に、キスを交わす密やかな音が響く。すぐに蕩けるような舌の甘さが、英司を酩酊《めいてい》へと誘った。知章の長い指が髪を撫で、耳朶《じだ》をくすぐる。キスだけでこんなに感じさせる男を、知章以外に知らない。

「……っ……ン……」

理性を掻き集め、知章の身体を押した。扉一枚隔てた向こうで織斗が眠っている。こんな廊下で盛り上がるわけにはいかない。

英司の項《うなじ》を撫でながら、知章が照れた顔で誘う。

「俺の部屋で、いいか」

「ん」

うっすらと目許を染め、言葉少なに頷いた。

足音を忍ばせ、ふたりは知章の部屋に滑り込む。まず先に暖房を入れ、部屋を暖めると知章はベッドに腰を下ろした。所在なくドアの前で立ち尽くしていた英司を手招きする。

「なに突っ立ってるんだ。来いよ、英司」

「あ……うん」

なんとなく落ち着かないまま、英司はぎこちなく歩を進めた。知章はさっさとリモコンでライトを絞っている。聖夜という恋人のイベントを必要以上に意識してしまったせいだろうか。雰囲気がいつもと違ってどうにも面映《おもは》ゆい。

(……大丈夫、鍵は掛けた……)

英司はベッドに片膝を乗せ、知章の頭を抱え込んだ。

「英司？」

素早く前髪を掻き上げ、知章の額に口接ける。

「メリー・クリスマス」

驚いている知章の鼻先にちょんと口接け、そして唇を重ねた。

部屋に来るまでのほんの数メートルで散々いやらしい想像をしたくせに、いざ向き合うと恥ずかしくて照れ隠ししか言えないなんて、どうかしている。

「……ッふ……ぁ、……ん……」

舌を絡める、ぴちゃぴちゃという音に混じって、乱れた吐息が部屋に響く。

角度を変える合間に、知章が「愛してる」と囁いた。途端に力が抜け、幼い子供のように知章の膝に抱き取られてしまう。

「トモ……」

思考がうまく回らない。瞳をトロンとさせ、向かい合った体勢で吐息を漏らした。知章の手がVネックセーターの裾から這い込んでくる。脇を撫で上げられ、円を描くように胸を揉まれた。

「あ、……っ」

乳頭を抓《つね》り出され、びくっと背中が反る。下着の中で、性器が形を変えたのがわかった。

敏感な反応を楽しむように、知章は硬くなった乳首を摘み、指の腹で転がしてくる。

知章の肩に指を食い込ませ、英司は切なく眉間に皺《しわ》を寄せた。

「っや、ぁ……ん……っとも、あき……っ」

無意識に腰が浮き上がる。フィットした服の下で、窮屈に押し曲げられた性器が痛い。どうにかしてくれと知章を見た瞬間、なにかを思い出したように知章が手を引っ込めた。

「あ、そうだ」

英司の身体を押し退けるようにして、立ち上がる。

「ちょっ……なんだよ、急に……っ」

いい雰囲気になったところで放り出され、わけがわからないまま英司は茫然と固まった。だが知章はお構いなしにサイドテーブルの一番下の引きだしを探っている。コンドームやローションではなさそうだ。

「英司に、プレゼント」

知章がそう言って差し出したのは、クリスマスカラーの紙袋だった。織斗だけでなく、英司のぶんもクリスマスプレゼントを選んでくれていたらしい。

英司は目を瞠り、すぐにしまったと自省した。欲しい物はないという知章の言葉を真に受け、自分はなにも考えていなかったというのに。

「あっ……あ、りがとう。ごめん、僕、なにも用意してないけど……」

「そんなのいいから。開けて」

知章は嬉しそうに微笑んでいる。

受け取って中を覗くと、シックな銀色のリボンがかかった黒い箱が入っているのが見えた。見るからに高級そうで、なんだか開けるのがもったいない。

だが知章が少年のような表情で見ているので、英司は苦笑しながらリボンを解いた。

箱の蓋をそっと持ち上げる。

「え……ちょっ……」

中身を一目見た英司は仰天《ぎょうてん》したが、知章は得意そうに鼻を鳴らした。

「すごいだろ」

中に入っていたのは、なんとサンタ風のベビードールだった。胸許と裾にぐるりと白いファーがあしらわれ、前はカーテンのように合わせになっている。それとセットになった、Tバックショーツと、お馴染みのサンタの帽子。

（なんだこれ……）

どう見てもコスプレ用と一目でわかる、女性下着だ。

英司は白い目で知章を見たが、本人にはまったく気にした様子はない。

「あ、下《パンツ》はちゃんとメンズものだから。仕事の合間に探したんだぜ」

朝から晩まで働いていたくせに、こんなものを取り寄せる時間はあったのか。いったいどんな顔で注文したのだろう、想像するだけで目眩《めまい》がする。

「呆れた……」

「まあ、そう言わずに、着てみろよ」

「馬鹿言うな。嫌だよこんなの」

女性ならばまだしも、男の自分に似合うわけがない。恥ずかしいだけだ。

思わずパンツを投げつけたが、知章はひょいと躱《かわ》した。シーツに落ちたパンツを拾い、再び英司に押しつける。

「今夜だけは英司の意見は却下だ。ひとりで悩んだお仕置きと思え」

にやりと笑う。そう言えば、英司が逆らえないことを知っている笑みだ。

みるみる顔を赤くする英司に対し、知章はもう一押しとばかりに畳みかけた。

「織斗だってちゃんとごめんなさいしただろ。約束を破ったらペナルティがあるのは、我が家のルールじゃなかったか？」

「……ッわかったよ、この変態！」

英司は下着をひったくり、知章をキッと睨んだ。

「後ろ向いてろ、見たら殺す」

「がってんしょうち」

織斗の口真似が癇に障る。

知章が後ろを向いたのを確認し、英司は着ていたセーターとストレッチパンツを脱いだ。嫌々、ベビードールを摘み上げる。

「……こんなの着せて、なにが楽しいんだか」

ブツブツと呟きながらひっくり返し、前後を確認する。

生地や縫製は意外としっかりしていて、どうやらインポートもののようだ。英司も背はそれなりにあるが、男にしては骨格が華奢《きゃしゃ》なため、レディースでもインポートサイズなら着られてしまう。

（最悪だ）

女性用に作られた物を男性が着るというだけでも恥ずかしいのに、光沢のある深紅のベロアが平らな胸にぴたりと張りついて体型が露《あらわ》になるのが最悪だった。

前が開いたデザインだから、動くと中が見えてしまう。かろうじて乳首だけは隠れているものの、こんな下着を着ている意味があるのだろうか。

続いてショーツを手にし、英司は心から途方に暮れた。

（……どこに足を通すんだ……？）

申し訳程度のカンガルーポケットが、かろうじてこれがメンズものだと証明している。だがサイドの布地の少なさはビキニというより、もはやGストリングの域に達していた。恥毛を処理する文化がない日本人には、見た目的にもかなり厳しい。

「まだか？」

「まだ！　まだだよ！」

知章の声や背中から、ワクワクしているのが伝わってくる。

英司は舌打ちし、Tバックショーツを穿《は》いた。

ストレッチ素材なのはありがたかったが、伸縮性があるぶんだけ股間に食い込んで締めつけられる。凹凸《おうとつ》を浮き立たせる滑らかさや優雅な光沢がかえって淫猥《いんわい》で忌々《いまいま》しい。

（クソ……ッ）

だいたい、一番布地が多いのがサンタの帽子だなんて目眩がする。女性が着ればセクシーなのかもしれないが、男性が着ても滑稽《こっけい》でしかない。

英司は収まりの悪い前を手で隠し、サンタ帽が落ちないように押さえた。

——もう、どうにでもなれ。

「い……いいぞ」

知章がゆっくりと振り返った。

あられもない英司の姿を見た瞬間、なにかを堪えるようにグッと息を詰める。

露になっている部分より、下着で隠されているはずの胸や下腹部のほうが恥ずかしい気がするのはなぜだろう。こんな格好のどこにそそられるのか、まったく理解できない。

笑ったらぶっ殺す、いやその前に羞恥と絶望で憤死《ふんし》するかも——そんな切羽詰《せっぱつ》まった思いに震えながら知章を睨む。

やがて、顎に手を当てていた知章が、感極まったような溜息をついた。

「頑張った俺にもサンタが来た」

「仕事のしすぎで頭がイカれたの間違いだろ」

英司は変態を見る目で知章を見たが、本人はどこ吹く風だ。それどころか、「もっとよく見せろ」などと英司を押し倒し、身体を上から下まで嬉しそうに眺め回している。やに下がった顔を一発殴りたくなったが、自分が悪いのだから仕方がない。

体側に添わせた手でシーツを握り締め、英司はひたすら視線に耐えた。

「いや、なかなか似合うじゃないか？」

——こんな辱《はずかし》めを受けるくらいなら、笑われたほうがまだマシだったかもしれない。

英司は引き攣《つ》った笑みを浮かべ、ベッドに拳を叩き込んだ。

知章のことをバカだとんまだとけなしてきたが、本当にバカだったのは……。

「悩んだ僕がバカだった……!!」

「わかればよろしい。これに懲《こ》りたら、今後はひとりで悩む前に俺に言え」

「そうさせてもらうよ！」

知章は笑った。こんなときの笑顔にさえ、ドキドキしてしまう自分が悔しい。

顔を赤くしたまま両腕を伸ばすと、ふいに知章が真顔になった。応えるように英司の上に屈み込み、そのままキスされる。

知章が両腕で英司の頭を抱え込み、額を摺り合わせた。

「あ、これあれだ、パパがサンタにキスをした」

「ばか……それを言うならママだろ……んっ……」

何度も触れる唇が熱い。

柔らかな粘膜の感触が互いの昂奮を高めていく。息継ぎもままならないほどの深いキスに、英司は顔を背けた。すかさず、滑らかな白い首筋をざらりと舐め上げられる。

「っひ……っんぁ……っ」

鎖骨から耳の下まで、熱い舌がゆっくりと行き来する。耳朶を口に含まれ、濡れた感触にざっと肌がざわめいた。しつこく音を立てて舐めしゃぶられ、英司はたまらず身を捩《よじ》る。

「ゃ……っう……っ」

恥じらいに薄赤く染まった肌が、爛熟《らんじゅく》した桃を思わせる。

首筋や鎖骨の窪みにキスを落としつつ、知章は焦《じ》れったいほど丁寧に愛撫を施した。

「ここも、ここも……もうピンク色になってる」

「ッ……さっき、飲んだから、だ……っ」

笑いを含んだ吐息が耳孔をくすぐる。

「シャンメリーだったけどな」

ベビードールの上から乳首を撫でられ、英司はひっと息を呑んだ。ベロアの裏地にある、滑らかな起毛が敏感な半粘膜を優しく擦る。硬く尖り始めた乳頭を布越しに強く摘まれ、かっと身体が熱くなった。

照明を絞ってあるとは言っても、薄闇に慣れた目には隠しようがない。いったい、いつまでこんな恥ずかしい姿でいさせるつもりだろう。

「なあ、脱ぎたい……脱がせろよ……」

「なんだ、恥ずかしいのか?」

早く脱ぎたいと目で訴えたが、知章は素知らぬ顔で鎖骨に舌を這わせている。逃れようともがいた拍子に肩紐がずれ、ベビードールがずり下がった。露になった胸に知章が唇を寄せる。赤く腫れた乳首を強く吸われ、英司は小さく唇を開いた。

「っや……ぁん……っ」

乳頭を舌先で転がされ、背中が浮き上がる。ぺちゃぺちゃと舌腹で叩かれるたび、痛痒いような快感が小刻みに走った。あえかな喘ぎが断続的に零《こぼ》れる。

「ちょっと触っただけで、イキそうな声出すなよ……」

「あ……だ、だって……っ」

ベビードールの前を左右に開かれ、脇腹をいやらしく撫で回される。裾を捲り上げ、中に手を入れられる行為はまるで痴漢でもされているようだ。

それなのに、相手が知章だと思うと、どこに触られても気持ちよくてたまらない。どんな恥ずかしい行為も、身体が勝手に悦《よろこ》んで愛撫を受け容れてしまう。気づけば女みたいな声を上げて、知章なしでは生きていけないとしがみついている。

「だから……それ、嫌だ……って、ともあき……っ」

「嘘つくなよ」

知章が、執拗《しつよう》に乳首を舐め回しながら、下肢に手を添わせてきた。

まだ序の口だというのに、熱くなった性器が、小さな下着を引き伸ばしているのが恥ずかしい。

思わず腰を捩ったが、知章に片足で押さえ込まれた。蟹《かに》挟みのような体勢で、布越しに股間に触れられる。

「ん……ッ」

「濡れてるじゃないか」

知章が指摘するとおり、先端から溢れる蜜が布地を濃い色に濡らしていた。

赤いベロアの突っ張った部分が、てらてらと淫猥な光を放っている。先端の窪みを指で弄《いじ》られ、またじわりと下着が濡れたのがわかった。

下肢の動きを封じられたまま、英司は潤んだ目を知章に向ける。

「だから……もう、気がすんだだろ……っ」

息を乱し、腰をもじつかせながら懇願する。

「だーめ。コスチュームプレイは着たままが基本だろ」

子供をあやすように言いながら、知章は小さな下着に包まれた性器をなおもなぞった。わざと形を浮き立たせるようにしながら、先端の濡れ染みを広げてくる。

「あんたのAVの趣味なんか知るか……っ」

「そういうはしたないこと言っちゃうか、うちのママは」

大袈裟《おおげさ》な溜息をつくと、知章は身体を下にずらした。自然と開いた足の間に、身体を割り込ませる。なにをするつもりかと英司が上体を浮かせた瞬間、知章は下着越しに性器へと口接けた。

「やっ……」

慌てて腰を引こうとしたが、知章はそれを許さなかった。

「悪い子だ」

大きく口を開け、りんごを齧《かじ》るように赤い布越しに性器を食《は》まれる。唇で柔らかく挟み込まれ、甘噛みされて、性器が浅ましくひくついた。布地の上から、ねっとりと舌を這わされる。

「い、やだって、……あ、っ……っ……やっ、ぁ……」

差し出された赤い舌と、濡れた起毛布。その間を、粘ついた糸が繋いでいた。

英司は小刻みに腰を跳ねさせ、背中をシーツに擦りつけて身悶《みもだ》える。だが知章はベロア生地の毛流れに逆らうように、なおもしつこく舐め上げた。

全身がしっとりと汗ばんで、ベビードールが纏わりつくのが気持ち悪い。

(やだ……やだ……っ)

張り詰めた性器にも、布が冷たく張りついていく。

たっぷり染み込んだ唾液ごと、先走りを音を立てて啜り込まれた。独特の浮遊感に襲われ、英司は何度も腰を戦慄《わなな》かせる。視覚的な恥ずかしさもさることながら、いまにも達してしまいそうな逼迫感《ひっぱくかん》に、声さえ出ない。

「英司の……どんどん溢れてくる……やらしい味……」

ベッドにいるときの知章は本当に意地が悪い。

ちゅくちゅくと味わう音をわざと立てられ、英司は奥歯を噛んだ。

「あ……あんただって充分、やらしいだろ……っ」

知章が「たしかに」と喉の奥で笑う。

「ま……男はみんなやらしいもんだろ。英司だって……」

「あ……っん……っ」

ぐっしょりと濡れた下着の上から性器を揉まれる。ぬるつく布地の裏が性器を撫で、また新しい蜜を溢れさせた。

いやらしい匂いまでが漂ってきそうで、英司はきつく顔を背ける。

「なあ英司、この下着……破られるのと、ずらすのと、どっちがいい……?」

知章の骨張った長い指が、裾回りをぐるりとなぞった。裾から人差し指を差し込まれ、クイと持ち上げられる。ぬちゃりと露骨な音が響き、英司は耳まで赤く染まった。

「ど、……っち、も……っ……っ」

「どっちもイヤってのは駄目だぞ。ちゃんと選んで」

二択を迫られ、英司は猫のように喉で唸る。

どちらも嫌だが、ストッキングを破られるAVみたいなプレイより、ずらされたほうがまだマシな気がした。消去法で嫌々、後者を選ぶ。

「了解」

下着の裾に人差し指を引っ掛け、ぐいと上に引っ張られた。隙間から、窮屈に押し曲げられていた性器が躍り出る。だが知章はそれだけでは飽きたらず、陰囊《いんのう》まで露にはみ出させてから、指を抜いた。

パチンという音とともに、大きく首を振った性器の先から蜜が滴《したた》る。

「や……気持ち、わるい……っ」

鼠径部《そけいぶ》にはみ出した陰嚢が窮屈そうに迫り上がり、濃く色を変えていく。極細の股布が会陰《えいん》部に食い込むのが気持ち悪くて、英司は首を振った。シーツにぱさぱさと髪が打ちつけられる。

「じゃあ、気持ちよくしてやるから、もっと足、開けよ」

片側にはみ出させた陰嚢をべろりと舐め上げられた。尖らせた舌先が縫線を何度も辿る。声を立てずに震えていると、知章は焦れたように舌を大きく出した。ふたつの鶉卵《じゅんらん》を舌ですくい上げ、たぷたぷと弄《もてあそ》ぶように揺らされる。

「うあ……っあっ」

唾液で濡れた鼠径部に息がかかり、睾丸がキュゥッと固く迫り上がるのが自分でもわかった。思わず、知章の頭を太腿で挟み込む。

「足、開けって言っただろう?」

知章は宥めるように腿の内側に唇を当て、そよぐように舌を這わせた。くすぐったいような、もどかしい感覚に襲われる。もっと直接的な刺激が欲しい。

おずおずと足を開くと、知章が斜めに傾いだ英司のモノを口に入れた。

「あぁ……っ」

口腔《こうこう》内の熱い粘膜に押し包まれ、ゆっくりと扱《しご》かれる。腰から下が蕩けるような甘い感覚に、英司は顎を突き上げた。大きく開いたままの膝が、なにもない空間でカクカクと震える。吸いつくような口淫が、たまらなく気持ちいい。

イキそうになったところで、口から吐き出された。

知らず、物欲しそうな声を上げてしまう。手の甲で口許を拭いながら、知章が笑った。

「いやらしい格好」

「……っや……も、やだ、これ……っ」

短い呼吸を繰り返し、英司はたまらず目を潤ませる。

後ろまで下着をずらされ、窄《すぼ》まりに指が這い込んできた。紐状のクロッチを指で浮かせた知章が、ふとなにかに気づいたように動きを止める。

「ともあき……？」

「いや……思ったよりびっちょびちょで……ほら、糸引いてる……」

先走りが股布を伝い、後ろまで濡らしていた。

濡れた指先を見せつけられ、かっと脳が熱くなった。その手を払い退ける。

「だから……言うなって、言ってんだろ、そ…ゆ、ことを……っ」

「でも、俺は英司のそういう顔が見たい」

悪趣味なことに、この男はいちいち口にして英司の恥ずかしがる顔が見たいらしい。

狭間《はざま》を探った知章の指が、窄まりに沈められる。温度差に英司の身体がビクンと震えた。そのまま奥までずるりと突き込まれる。

「すごいな、吸いついてくる」

抜き差しされるたびに立つ濡れ音に、耳を塞ぎたくなった。

惚れた男から、いやらしいことをされている。その現実を、いやでも認識させられる音だ。

指を増やし、男を受け容れるための場所を丁寧に解される。だがそれもいまは焦れったいばかりでつらい。

「もう、いいから……知章、早く……ほしい……っ」

「まだ指三本も入らない。それにローションとゴム……」

「いらないっ……」

こんなに濡れているのに、必要ない。

急かす声に苦笑じみた溜息をつき、知章が指を抜いた。鷹揚《おうよう》な仕草でシャツを脱ぎ捨て、ズボンの前を寛げる。

「……ッ」

期待に頬を上気させ、英司は喉を上下させた。下着の中から取り出された長大なモノから、目が離せない。それを体内に収めきったときの感覚を、脳が勝手に反芻《はんすう》する。後孔がひくついて、たまらない。

膝頭を摑まれ、左右に大きく開かされた。細い股布を、ぐいと横にずらされる。

「入れるぞ」

後孔にひたりと熱い先端が押しつけられ、英司は目蓋を閉じた。

後孔を使うセックスはたまらなく気持ちいいが、挿入の瞬間は苦しい。苦痛を逃そうと、意識して身体の力を抜こうとする。

だが知章は角度を合わせただけで、再び覆い被さってきた。左右の腕に、英司の足を引っ掛けた体勢で屈み込んでくる。上半身が押し曲げられ、腰が浮き上がる。

「……英司、キスして」

「……?　う……っん、……っ」

唇を、求められた。

戸惑いつつも、入り込んできた舌に搦《から》め捕《と》られる。またさっきのように、期待を煽《あお》るだけ煽っておいて、焦らすつもりなのだろうか。

首に腕を回し、唇を重ねた、そのときだった。

「……っ！」

英司に口接けたまま、知章が腰を進めてきた。

窄まりに、弾力のある先端がめり込んでくる。

ぐぷっ、と押し入られた感覚に、英司の背が大きく震えた。

「……っん！」

くぐもった喘ぎが、キスに飲み込まれる。あやうく知章の舌を噛んでしまいそうになり、英司は顔を背けようとした。

だが知章は執拗に口を吸い、逃げを打つ身体ごと英司を組み伏せてくる。混ざり合った唾液が口角から溢れ、ツゥーッと伝い落ちていく。

「……！　……！」

他人の身体の一部が、体内にゆっくりと押し込まれていく感覚は例えようもない。攻防の衣擦《きぬず》れと、不規則な息遣いの中、苦痛にも似た切なさを味わう。

苦し紛れに、知章の首に回した手に力を込める。息が、乱れる。

「ぁ……は……っ」

すべて収めきった知章が、上擦った声を漏らした。

同時に英司も大きく息をつく。惚れた相手と身体を重ねられる幸福感に包まれる。

(あ……、中に、いる……)

自分の中で、知章が脈動している。そう思うだけで、甘い痺れが全身に広がっていくようだ。

普段はどう振る舞おうとも、好きな男と身体を繋げば簡単に理性の箍《たが》が外れる。勝手に内部が蠕動《ぜんどう》し、中にいる知章を締めつけた。

「っ……英司、締めつけすぎ……」

「知るか……っ、……っあ、……あっ」

長いペニスがじわじわと抜き取られていく。

ずるずると中の粘膜を引き擦られる感覚に、英司の肌が粟立《あわだ》った。シーツの上に爪先を突き立て、奥歯を噛んで嬌声《きょうせい》を耐える。

亀頭のくびれが内側の粘膜を捲り上げる寸前で、再び突き入れられた。

「ああっ……！」

根元まで飲み込まされ、ぐちゅっと水が飛び散るような音が響いた。意識が飛びそうな快感が、さざ波のように全身に広がる。

奥まで性器を押し込んだまま、知章が熱っぽく囁いた。

「すごい……奥が広がって、俺を精一杯、受け容れてくれてるのがわかる……ほら」

奥をこねられ、声も出せないまま、英司は喉をひくつかせる。

男を咥《くわ》え込んだ場所がジンジンと甘く疼いていた。半端な状態で穿かされたままの下着が、動くたびにぬるりと滑る。小刻みな律動がかえってもどかしい。

「……っふ……っ、ぅっ……っ」

もっと強く、奥まで擦り上げてほしい。

だが、知章は粘膜の熱さを味わうように、緩慢《かんまん》な動きを繰り返した。腰を入れ、中を掻き混ぜるようにしてゆっくりと引いていく。

「もっ……知章、もっと……っ」

思わず両足で知章の腰を挟み込んだ。自ら腰を揺らし、律動を促そうとする。

だが知章は阻《はば》み、反対に動きを止めてしまった。

高いところで留め置かれたまま、英司は駄々っ子のように身をくねらせる。

「っともあき……もっ……じらさない、で……っ」

「おまえこそ、焦るなって」

「頼むから、……僕が、感じすぎて……つらい……っ」

涙ぐみ、頬をシーツに擦りつける。

ふと見ると、すぐ顔の横に、知章が手をついていた。無意識にその親指に口接け、舌を這わせる。

知章は最初こそ驚いたようだったが、すぐに口端を上げた。手を持ち上げ、親指の腹で唇をなぞってくる。

従順に唇を開き、指を口中に迎え入れると、英司は音を立ててしゃぶり始めた。まるで乳を吸う赤子のように、口を窄めて知章を誘い見る。

「ん、……なぁ、ともあき……」

舌っ足らずなねだり声が、我ながらあざといと思う。

知章が降参の溜息をついた。

「今夜は、できるだけ長く、おまえの中にいたかったんだがな……」

「え……?」

ドキリとした。

自分の身体で、知章が快感を得ている。女のような柔らかみなど持たない英司なのに、長く繋がっていたいと思ってくれた。

嬉しさがじわじわと込み上げてくる。

「今夜の英司、可愛いからな……もたないかも……ごめんな」

唾液に濡れた指を抜き取り、英司の両足を抱え直した。そんなことは気にしない、自分だって同じだ……そう言いたかったのに、口から出たのは甘ったるい嬌声だった。

「――――!」

一気に奥まで刺し貫かれる。いままでのスローセックスが嘘みたいに、激しく突き上げられた。欲しかった刺激をようやく与えられ、髪を振り乱して嬌声を上げる。隣の部屋を気にする余裕も、いまはなかった。

「あっ、あっ、あっ…ん、っ……気持ち、ぃい……っ」

深く浅く抜き挿しされ、感じる場所を集中的に擦られる。張り出した部分が通過するたび、脳の回線が白く焼き切れるような快感が走った。

何度も揺さぶり上げられ、揺れる性器の先から蜜が飛び散る。

突かれるたびに全身が震え、赤く腫れきった性器からひっきりなしに蜜が滴る。急激に追い上げられ、英司は激しく胸を喘がせた。

「やぁ……っも、イク……ッ」

譫言《うわごと》のように口走った瞬間、性器が弾けた。

赤いベロアに、雪が散ったような白が撒《ま》き散らされる。下腹部がビクビクと波打った。粘膜が収斂《しゅうれん》し、中にいる知章を取り込むように柔くきつく押し包む。

「——っあ……」

律動を阻まれた知章が、息を止める。

身体の奥に、熱い体液が吐き出される。

下腹部に手を当て、英司は恍惚《こうこつ》として知章を見上げた。

下着からはみ出し、傾いだままの性器の先から、たらたらっと白い残滓《ざんし》が滴り落ちる。

「たっぷり汚したな」

せっかくのプレゼントは汗や体液でドロドロに汚れ、ひどい有様だ。

それでも知章は満足そうに笑い、英司に口接けた。

汚した下着を脱ぎ去り、ベッドの隅に放り投げる。

ぐったりと裸で横たわり、英司は枕に顔を埋めた。

「……とんまとは、もう二度としない……」

「お、そんなこと言っていいのか？」

「だからって、あんなことするなんて」

「途中からはノリノリで感じまくってたくせに。夫婦生活にマンネリは大敵だぞ」

「………」

言いたいことはたくさんあったが、実際に知章を貪ったあとでは返す言葉もない。

嫌がっていた割に、抱き合ったあとは我を忘れて乱れまくった。滑稽なコスプレ姿で喘いでいた自分を思い返すと、恥ずかしくて死にたくなる。

前言撤回だ。知章とまともに顔を合わせられないまま、英司は呻くように言った。

「僕が本物のサンタクロースだったら、来年は来ない」

「来年は俺がサンタになるよ」

どういう意味だ、と少しだけ顔を上げて隣を見る。

知章は枕の上で肘枕をし、微睡《まどろ》むように微笑んでいた。もう片方の手を伸ばし、英司の手に重ねてくる。

「俺たちのサンタは一年交代」

「いつ決めたんだ、そんなこと」

「いま」

いつまで続けるんだと、そう聞き返そうとしてやめた。

サンタクロースは、サンタクロースを信じている子供のところにしか来ない。疑うような言葉を口にした時点で、終わりなのだ。子供時代が永遠でないように、サンタクロースの訪れも永遠ではない。野暮なことはせず、おとなしく待っていよう。

(それにしても、どんなプレゼントを持ってくるつもりやら)

でも一番のプレゼントは、今日のように三人揃って、幸せであることなのかもしれない。

「そう言えば、矢名瀬が謝ってたぞ」

「……ベッドでいまさら他の女の話するとか」

「いや、悪い。でも伝えてくれって言われたから……あいつ、英司を見て、自分の女子力に自信が持てなくなったらしいぞ。矢名瀬がなんか意地悪っぽいこと言ったんだって?」

「もういいよ……」

終わったことだ。というより、忘れていた。翠子のキャラがあまりに強烈だったせいか。奥様だのママだの、いろいろなひとから好き放題言われすぎて、いちいち怒る気も失せた。浮気疑惑から姑の押しかけまで、一度に経験してみれば肝《きも》も据わる。夫夫《ふうふ》の危機も、結局は、ただの痴話《ちわ》喧嘩でしかなかった。

英司は気怠く息をつき、枕に顎を乗せた。

「つくづく、女性って生き物は最強だよな……なぁ知章」

「…………」

「知章？」

重ねられた手が温かくなったと思ったら、いつのまにか、知章は寝息を立てていた。

寝つきだけは赤ん坊みたいなやつだと呆れたが、今日一日の運動量を思えば無理もない。隣室の織斗が目を覚まさなかったのが、せめてもの幸運だったか。しょうがないやつだなと上掛けを引き上げてやる。まるで大きな子供のようだ。

「……好きだよ……知章」

苦笑じみた溜息をつき、手の甲にそっと口接ける。

幸せな夢でも見ているのか、知章の唇がわずかに弧《こ》を描いた。

「来年まで、いい子にして、待ってる」

愛するひとの隣で、英司もまた目蓋を閉じる。

今度こそ、本当に信じられる気がした。

【四】

「ハイ、チーズ」

満開の桜が咲く校門前、英司は知章と織斗とともに写真に収まった。今日はこれから小学校入学式だ。シャッター音のあとで、デジタルカメラに収めた画像をチェックする。

「うん、いい笑顔だ」

知章の満足そうな声に、左右から織斗と英司が覗き込んだ。

「本当だぁー」

「なんか老けた……」

「んなことないだろ」

少しくすぐったそうな表情の英司と、誇らしげに胸を張る知章。ふたりに挟まれた織斗は弾けんばかりの笑顔だ。桜の花弁《はなびら》が、まるでフラワーシャワーのように頭上に降り注いでいる。

「檜水織斗です」

校門前の受付で、織斗が、やや緊張した顔で告げる。名簿をチェックする教師の横で、在校生が「おめでとう」と言いながら胸元に花をつけてくれた。早くも嬉し涙で眼を赤くしながら、間に合ってよかったと、英司は胸を熱くする。

「間に合ってよかったな」

かくいう知章も、同じことを考えていたらしい。視線を合わせ、どちらからともなく照れたように微笑み合った。

悩みもしたが、やはり、籍を入れてよかった。どちらの姓を名乗ろうとも、戸籍上の繋がりが、自分たちは家族であると証明してくれる。日向野の姓は消えても、栞の血はたしかに織斗へと引き継がれている。ふたりで考えた末に出した結論に、後悔はない。

「体育館へどうぞ」

三人は案内役の在校生に連れられて体育館へと移動した。織斗とはそこで別れ、ふたりは保護者席の一番後ろに並んで座る。新入生は舞台に近い、前のほうの席で式の開始を待つことになっていた。ハイビジョンビデオカメラで動画を撮る準備をしながら、知章が耳打ちしてくる。

「織斗のクラス担任、年配の先生だったな」

「いいじゃないか、新一年生だし、ベテラン教師のほうが安心だろ」

「まあ、確かにそうだけど……」

知章はどこか少し残念そうだ。英司は意地悪く口端を上げ、肘で小突いた。

「若い女性じゃなくて残念だったな」

小声で囁くと、知章が心外だと言わんばかりに反論する。

「違、そんなんじゃないって。なんだよ、英司だって俺の親父に会うたびに赤くなるくせに」

「し、仕方ないだろ。あんたの将来図だって思ったら、つい」

「つい、なんだって？　なに想像……」

「あ、式が始まるぞ」

ヒソヒソ言い合っているうちに、入学式が始まった。

頃合いを見て、知章がカメラを回し始める。大切な思い出を残すという目的もあるが、もうひとつは知章の両親が、孫の晴れ姿を見たがっているからだ。

校歌斉唱のあとで、新一年生が、ひとりひとり名前を呼ばれる。五十音順だから、織斗は最後のほうだろう。元気よく返事をする新一年生の声を聞きながら、英司は耐えきれず目許を拭った。

「泣き虫は卒業したんじゃなかったのか？」

カメラを構えたまま、知章が囁いた。こんなときばかり、目端が利く。

「う、うるさいな。それより、ちゃんと撮れてるのか」

「ばっちりだ。ほら」

液晶モニターには、行儀よく座る織斗の姿が映っている。

ちょうどそのとき、織斗の名前が読み上げられた。知章がピントを合わせながら目いっぱいズームアップする。

式は滞《とどこお》りなく進み、一年生クラス担任の紹介に移った。このあと一年生は教室へ入り、保護者は記念撮影だのPTA役員だのを決める段取りらしい。織斗の保護者である自分たちも、もちろん参加する予定になっている。

「な?」

そう言いながら、知章は空いた手をさりげなく膝の横に降ろした。指切りをするように、そっと英司と小指を絡める。

「……うん」

頬を桜色に染め、英司は小さく頷いた。

校庭で新緑の木々が揺れ、背後のドアから春の風が吹き込む。

多くの喜怒哀楽を経験し、織斗は大人になっていく。そして自分たちは静かに年齢を重ねていく。だが人生を共有する限り、これからも思い出は増え続ける。

「幸せに、ならないとな……」

様々な思いを胸に、英司は嚙み締めるように呟いた。

いまの瞬間を、大切に記憶に刻みつける。

「〝ふたりは末永く幸せに暮らしました〟——だろ?」

お伽話《とぎばなし》になぞらえ、知章が笑って言い直した。

これからもたくさんの思い出を、三人で作っていくのだろう。


(The End.)

十年後の僕へ

槍水織斗《やりみずおりと》——僕が、そう名乗るようになってから、十年が過ぎた。

その年月が、あっという間に感じるのは、とても幸せだったからだと思う。

自分の家族が、普通と少し違う、ということに気づいたのは小学校高学年になってからだった。いまどき母子家庭や父子家庭なんてそれほど珍しくもない。実際、ひとり親の同級生は各クラスにも数人はいたと記憶している。だが父親がふたりいる家は僕だけだった。

といっても彼らは僕の養父と実父で、幼いころに母親が亡くなった事実を告げれば、周りの大人たちはそれ以上突っ込んだことは聞かなかったし、むしろ他の子供以上に優しく接してくれたように思う。だから僕はそれまでなんの疑問も持たなかったし、むしろ優秀な父親をふたりも持っていることを誇りに思っていたくらいだ。それはもちろん、現在も変わらない事実ではあるけれど——。

（……あ）

隣室から伝わる空気の変化に、僕はふと我に返った。耳を澄ますと、激しい衣擦《きぬず》れの音に混じり、なにか言い争うような低い声が聞こえる。時刻は午前一時半を過ぎたあたりで、おおかた僕が眠ったと思ったのだろう。

僕はヘッドホンをつけ、音楽のボリュームを上げた。頭の中に英国ロックが鳴り響く中、再びテスト勉強に精を出す。

僕が通う高校は都内有数の進学校で、実父の母校でもある。いまはちょうど期末テスト期間の真っ最中で、明日は僕が唯一、苦手とする古典が科目に入っていた。

「……いかにぞや、人の思ふべき瑕《きず》なきことは、このわたりに出《い》でおはせでと、口惜しく……」

壁一枚隔てた向こう側で、ひそやかに行われる親の情事を僕が知ったのは、中学を卒業したあたりだった。

虐待だと目くじらを立てる大人がいるかもしれないが、十四、五歳の健康な男子ならとっくに精通を迎えているし、自慰やセックスの知識もある。親にエロ本を取り上げられようが、パソコンにフィルターをかけられようが、心身ともに健全な青少年なら普通のことだ。高校生は大人ではないが、少なくとももう子供じゃない。

だからというわけではないが、嫌悪感はなかった。ふたりの関係はなんとなくわかっていたし、夫婦だろうが、夫夫だろうが、仲がいいのはいいことだ。ただ、セックスは男女でなくてもできるんだという新鮮な驚きがあったことだけは覚えている。

（僕に聞かれたなんて知ったら、英司《えいじ》は卒倒するだろうな……）

激しい息遣いに押し殺した喘ぎが混じり始めたころ、僕は喉の渇きを覚えて部屋を出た。

「まだ、起きてたのか」

キッチンで水を飲んでいるところに知章《ともあき》——父が降りてきた。前をはだけたパジャマ姿で、肌が少し汗ばんでいるようにも見える。五十近いくせに、研ぎ澄まされた肉体からはわずかな緩みも感じられない。

この固く締まった身体で、つい先程まで英司を組み敷いていたのか。我ながら童貞の妄想力の逞《たくま》しさには呆《あき》れるけれど、当たらずといえども遠からずな事は致してるんだろう。先に家族になったのは僕なのに、僕が知らない英司をこの人は知っている——そう思うと心臓がチリチリした。

「テスト期間なんだよ。明日は苦手な古典があるから……」

父が冷蔵庫を開け、取り出したミネラルウォーターの蓋《ふた》を開けた。喉仏がゆっくりと上下し、中身を飲み干していく。思春期特有の苛立《いらだ》ちに任せ、僕はつい意地悪を言った。

「けど、もう終わったから寝る。そっちも終わったみたいだね」

「生意気な口を利《き》くじゃないか」

「DNAには逆らえない」

濡れた唇を手の甲で拭い、父はニヤリと笑って冷蔵庫を閉めた。右手にある新しい水のミニボトルは、寝室にいる英司に持っていく分だろう。

幼いころは母親似の部分《パーツ》もあったのに、いまや僕の風貌は自他ともに認める父親似だ。骨格や顔立ちのみならず、祖父母に言わせれば「とくに声が驚くほど似ている」らしい。自分ではまったくそうは思わないけれど、たまに家の電話に応対すると、英司以外には十中八九間違えられる。ただ身長は百七十を超えた現在もまだ伸び続けているから、そのうち父を超えることも夢ではない。

「英司をイジメるなって言ってるだろ、昔から」

ふてくされる僕の額をぱちんと弾き、父は「エロ魔神め」と苦笑した。僕の精一杯の嫌味も所詮《しょせん》は子供の減らず口だ。父の態度は堂々として、狼狽《うろた》えた様子もない。

「英司には言うなよ」

「言うわけないだろ」

「ならいい。身体はしっかり休めなさい。倒れたら元《もと》も子もない」

おやすみ、と父は二階に上がっていった。

見せつけるでもなく、無理に隠すこともない。認めたくないけれど、男として敵《かな》わないと感じるのはこんなときだ。心配性の英司と違い、知章は説教臭いことはなにひとつ言わない。だけど、僕のことを一応は大人の男として扱ってくれる。

(テスト前夜なのに、負けた気分だ)

グラスを洗い、自室に戻る。来るとき、廊下に漏れていた英司の部屋の灯《あか》りは消えていた。ふたりがいまでも寝室をひとつにしないのは、たぶん同居する僕に気を遣ってのことだろう。いまさらな気もするけれど、父親なりに、僕が家を出るまでのけじめなのかもしれない。


「なあ、槍水んちの親ってホモなんだろ。おまえも男が好きなのかよ?」

テスト期間が終わって間もないい日の出来事だった。昼休みは仲のいい数人の友人たちと机を並べ、英司の持たせてくれた弁当を食べるのが僕の常だ。不躾《ぶしつけ》な質問に僕は箸《はし》を止めたが、反撃したのは隣席の女子だった。

「ちょっとォ、山田《やまだ》のくせに織斗になに馬鹿なこと聞いてんのよ」

「うっせ。つかくせにってなんだよ、俺は槍水に聞いてんだよ。なー、おまえホモなん?」

僕は口の中のものをゆっくりと咀嚼《そしゃく》しながら、正直「またか」と思っただけだった。思春期を迎えたあたりからだろうか。この手の下世話な詮索をされるようになったのは。

いまでこそ親の関係を冷静に受け止めているが、僕だって最初からそうだったわけではない。反抗期の苛立ちに任せ、英司に感情をぶつけた時期もある。でも、英司に泣かれたときにものすごく後悔した。知章は僕を叱らなかったけれど、それは負い目に感じていたからではなく、単に子供じみた嫉妬《しっと》に起因する感情だとわかっていたせいかもしれない。親がゲイだろうがバイだろうが、いまも昔も僕が英司を大好きなことに変わりはないし、知章のこともそれなりに認めている。周囲も自分も、そしてよくも悪くも大人になったということだろう。

「なぁ……」

咀嚼していたものを飲み込み、僕は箸を置いた。パックのお茶を手に、山田の顔を見上げる。

「逆に聞きたいんだけど。俺がゲイだったら、山田はなにかメリットでもあるのか？」

「……は？」

「あ……遠回しに告《こく》ったつもりなら、悪いけど断るよ。いまのところ、僕は女の子としか付き合う気はないし……」

心底申し訳なさそうな顔をしてみせると、みるみるうちに山田の顔が赤くなった。心配そうに注目していたクラスの女子たちもクスクスと笑い始める。

「きっ、きめぇんだよ」

そう吐き捨てるが早いか、山田は教室を飛び出していってしまった。良家の子息が多いこの学校も、たまにこんな変わった毛色に出会えるから面白い。「悪いことしちゃったな」と呟《つぶや》くと、一緒に昼食を摂《と》っていた女子たちがここぞとばかりに同情を寄せてくれた。

「気にしないでいいよォ、あんなのうちらに対する当てつけだしィ」

「そうそう織斗は悪くないよ。あいつ女にモテないからって嫉妬してんだって」

「そんなことないよ…あとで謝ってくる」

殊勝《しゅしょう》に答えつつも、本心から悪いと思っているわけではない。いつどんな状況でも、無駄に敵を作るのは得策じゃないと知っているからだ。基本的に、僕は見た目よりも性格のほうが父に似ている。知章はともあれ、英司にだけは余計な心配をさせたくない。

「ごちそうさまでした」

食べ終わった弁当の蓋《ふた》を閉め、手を合わせる。幼いころは食物アレルギーで苦労したが、小学校入学と同時に始めた減感作《げんかん さ》療法《りょうほう》のお陰か、いまは普通の人と大差ない食生活が送れている。

そこまでしてくれた英司には感謝しかない。いまも昔も、血の繋がらない僕のことを実の息子のように慈《いつく》しんでくれるひと。

「あ、山田！　さっきはごめん」

渡り廊下でぽつんとしている山田を見つけ、傍《そば》に駆け寄る。弾かれたように顔を上げた山田はすぐに顔を真っ赤にした。

「お、俺も…絡んで、悪かった」

聞けば、僕の隣の席の女子がずっと気になっていたらしい。でも彼女があまりにも僕ばかり見ているからつい、あんな言いかたをしたのだと言う。いままでクラスメイトのひとりとしてしか認識していなかったが、根は素直でいい奴みたいだ。

「じゃあ、仲直りの握手しよう」

右手を差し出すと、山田は目を丸くした。

「はぁ!?　おま、いまどき握手て」

そう言いながらも、渋々、握ってくれる。ホモ発言も、本気でそう思っていたわけではないのだろう。でなければ僕に触れることさえ躊躇《ためら》うはずだ。

(たしか、前もこんなことあったな……)

知章が、初めて僕の前で泣いた日だ。

幼すぎたせいか、英司と初めて会ったときのことは覚えていない。でも、父が初めて家に来た日のことは鮮明に覚えている。僕が英司を守らなければという強い使命感は、たぶんあのときに生まれたものだ。以来、ずっと英司は僕の中でお姫様のような立ち位置にいる。継父で、ママ父で、もうトモの恋人なのに。

この淡い恋心にも似た想いは、いつか父の器《うつわ》を越えられたときに、消えるのだろうか。そのころには僕も、父のように一生守っていけるほど大切な人ができているといい。英司に関して、嫉妬するのと同程度に、僕は知章のことも父として尊敬している。


(the end.)

あとがき

こんにちは、砂床あいです。

驚いたことにダブルファーザーの続編です…。

まさか出していただけるとは思っていなかったので、番外編を好き勝手に書き散らしてきた結果、時空に歪みが出てしまいました。雑誌や販促媒体で番外ショート小説をご覧になったかたは時系列的に引っかかる部分があるかもしれません。申し訳ありませんが、そのあたりはどうか深く考えず、物語として楽しんでいただければ幸いです。

今回は視点が知章から英司に変わり、タイトルも「継父《ステップファーザー》」になりました。尽くす性格故に恋愛すると途端にウザ男になってしまう、英司の駄目っぷりが、本作ではかなり際立ったように思います。プロットを出したのがちょうどクリスマスシーズンで、どうせなら夫夫《ふうふ》生活マンネリ対策に目新しいプレイでも、と思いついたのがサンタコスプレでした。人間は慣れる生き物なので、いつもベッドで正常位だと、英司のような激しいタイプは物足りないのではないかと。

しかし、ネタが通ってから改めて予定を見たら、本が出るのは真夏でした…。

季節外れで申し訳ないのですが、夏にカレーを食べるようなものと思って楽しんでいただけたら嬉しいです。

この本に関わって下さったすべてのかたに、お礼を申し上げます。

まずは前作に引き続き、イラストをご担当くださいました桜城やや先生。本作でも艶っぽいママ父と、かっこいいパパ父を、ありがとうございました。知章の父親には私が惚れそうです。ずっと桜城先生の描かれる子供キャラが大好きで、お引き受けいただけたときは本当に嬉しかったです。重ね重ね、ありがとうございました。

そして担当様。いつも私の作品に、真摯に向き合ってくださり、ありがとうございます。恩返しできていないことが心苦しいですが、お陰様で作家としては五歳になりました。頑張っていい子になるので、今後ともよろしくお願いします。

それから最大の感謝を、読者様に。ここまで読んでくださって、ありがとうございます。一冊目は子育てと喧嘩ばかりだったので、こうして肝心のラブの部分を書かせていただけたこと、本当にありがたく思っています。「パパ父×ママ父のラブシーンがもっと読みたい」という読者様のお声に、多少なりともお応えできていれば幸いに思います。

また、前巻から読んでくださった読者様に、ささやかなお礼としまして「十年後の僕へ」を書き下ろしました。知章と織斗の十年後の関係を、ちょこっと垣間見る感じの作品になっております。まだ高校生なので、ちょっと思春期の名残があったり、童貞をこじらせていたりもしますが、概ねいい男に育っているんじゃないかな。

それから、作中で織斗が勉強している古典は源氏物語からの出典です。英司が紫の上と立場が少し似ているという点を踏まえて、このシーンを選びました。

織斗自身は無自覚ですが、微妙なお年頃の息子に対し、知章はさり気なく牽制しています。父親の恋人に恋慕する息子というのも、それはそれでおいしいですが、たぶん織斗は、明石の姫君的な立場のまま、幸せになるのでしょう。

織斗の結婚式で号泣し、息子夫妻をハネムーンに送りだしたあとで二度目の初夜とか、ふたりきりのフルムーンとか、需要があればそんなショートをどこかに書くかもしれません。そのときはどうぞ、よろしくお願いします。

イクメンものとして書き始めた本作ですが、不倫に過去カノ、嫁姑問題から、果ては息子の思春期までを網羅して、物語的にも大団円で終わることができました。最後までお付き合いくださいまして、本当にありがとうございました。

次回配本はB-PRINCE文庫より今冬に、「一途な夜」シリーズのスピンオフ、将吾の兄編の予定です。

よろしければ、そちらでも是非お会いできますように。

２０１３年　夏　　砂床あい

◆初出一覧◆

ステップファーザー	／書き下ろし
十年後の僕へ	／書き下ろし

ビーボーイノベルズをお買い上げ
いただきありがとうございます。
この本を読んでのご意見・ご感想
をお待ちしております。

〒162-0825 東京都新宿区神楽坂6-46
ローベル神楽坂ビル4階
リブレ出版㈱内 編集部

リブレ出版WEBサイトでアンケートを受け付けております。
サイトにアクセスし、TOPページの「アンケート」から該当アンケートを選択してください。
ご協力をお待ちしております。

リブレ出版WEBサイト http://www.libre-pub.co.jp

BBN B•BOY NOVELS

ステップファーザー

2013年8月20日 第1刷発行

著者――砂床あい
©Ai Satoko 2013
発行者――太田歳子
発行所――リブレ出版 株式会社
〒162-0825
東京都新宿区神楽坂6-46ローベル神楽坂ビル
営業 電話03(3235)7405 FAX03(3235)0342
編集 電話03(3235)0317
印刷所――株式会社光邦

Printed in Japan
ISBN 978-4-7997-1352-5